小説

牡丹灯籠《ぼたんどうろう》

著◉大橋崇行
監修◉柳家喬太郎

二見書房

目次

装画◉松浦シオリ
装幀◉岡本歌織（next door design）

序　牡丹灯籠《ぼたんどうろう》

萩原新三郎《はぎわらしんざぶろう》の亡骸《なきがら》は、本当に信じられないような姿をしていた。

窶《やつ》れて血の気を失った土気色《つちけいろ》の肌は、事件のしばらく前からずっと屋敷に引きこもっていたために、そうなってしまっていたらしい。

それでも死の刹那《せつな》には、最期の力を振り絞ったのだろう。

倒れたまま、虚空《こくう》を摑《つか》むように手を前に出している。

目は、飛び出しそうなほど大きく見開かれていた。睨《ね》め付けているのか、あるいは現れた相手に驚きを抱いていたのか。光を失っても、なおまっすぐに眼前を見据えていた。

そしてどこか、みずからを殺した相手に対する怨念が、既に刻みつけられているようにすら見えた。

その表情を見ているだけで、ゾクリと背筋が震える。脚のほうから総毛立つ。敏感になった肌と着物の布とが擦《す》れて、冬でもないのに寒さを感じる。

口はよほど歯を強く喰《く》い縛ったようで、前歯が一本折れ、吐き出された血の中に沈んでいた。

何よりひどかったのは、肋《あばら》だ。

とてつもない力を加えられたらしく、左の胸骨が内側に折れ、砕けていた。そこを押すと、本来の固さがまるで感じられなかった。豆腐に掌《てのひら》を圧《お》しつけるかのように、ぐにゃりと肌が中に沈むのである。そして左の手には、布きれのようなものが握られていた。

脇にはもう一体、別の亡骸があった。

こちらは、既に肉がすっかり朽ち果てた髑髏《どくろ》だった。細面の顔で、腰の骨が広くなっているから、女のものとわかる。

その手は新三郎の首に齧《かじ》り付くかのようにまとわり付いており、後はばらばらだった。頭蓋骨と脚の骨とは胴体から離れ、部屋中に乱雑に散らばっていた。

「俺は今年で六十九になるが、こんな恐ろしいものは初めて見た。清《しん》国の話などには、よく狐を女房にしたの、幽霊に出逢《お》うたのというものもずいぶんある。萩原殿はこうしたことにならぬよう、新幡随院《しんばんずいいん》の良石和尚《りょうせきおしょう》に頼んで、ありがたい魔除けの御守を借り受けて首に掛けられていたはずだが……」

新三郎の亡骸をみつけた白翁堂勇齋《はくおうどうゆうさい》は、早口にそう言った。彼は人相見を生業《なりわい》としており、萩原家の孫店《まごだな》に住む代わり、何かにつけて新三郎の面倒をよく見ていた。

「どうにも、因縁というものは、逃れられないものだから仕方がなかろう。伴蔵《ともぞう》、萩原殿が首に掛けている御守を取ってくれぬか」

勇齋は、傍らにいた伴蔵と、その妻のお峰とを順番に見た。この夫婦も、萩原の孫店に住んで新三郎の世話をして駄賃をもらい、それを頼りにその日暮らしのような生活をしていた。

「怖いよ……俺は嫌だ」

伴蔵は、二歩三歩と後ずさりする。すると勇齋は、お峰を手招いた。

「では、お峰。お主《ぬし》がここへ来るのだ」

「あたしも嫌ですよ。こんな恐ろしい」

「仕方ない。とにかく、雨戸を開けてくれ」

勇齋の言葉に従って伴蔵が戸を開くと、朝陽《あさひ》が射し込み、一本の筋となって新三郎の亡骸を照らし出した。続けて入ってきた空気は、夏の熱さを含んではいたものの、部屋の中が新三郎から流れ出た血の腥《なまぐさ》さに覆われていたことを、その場にいた一同に思い出させた。

やがて勇齋はみずから亡骸に近づき、新三郎の首に掛けられていた白木綿の胴巻《どうまき》の結び目を外すと、力任せにグッと開く。中には、黒塗光沢消《くろぬりつやけし》の厨子《ずし》が包まれていた。

「萩原殿はいつもこの中に、良石和尚から頂いた海音如来《かいおんにょらい》を入れておったのだ」

勇齋は誰に言うとでもなく呟くと、小さな厨子を土間に置いてそっと開いた。ほどなく、ハッと音を立てて息を吸い込んだ。

……いったいどういうことか。

厨子の中に収められていたはずの金無垢《きんむく》の海音如来は、いつの間にか、瓦で作って赤銅《しゃくどう》の箔《はく》で覆った不動尊に化けていたのだ。

「これは、誰かが盗んだに違いない。同じくらいの重さだから、萩原殿は中身がすり替えられていたことに気が付かなかったのか」

勇齋の言葉に、伴蔵は眉間に皺《しわ》を寄せた。

「何がなんだか、俺にはさっぱりわからねえ」

「萩原殿が持っておられた海音如来はな、魔のものも恐れて立ち去るというほど尊い品だった。これさえ持っておれば、幽霊の類《たぐい》などに憑かれるはずもなかったのだ。萩原殿が日に日に窶れていかれるので、新幡随院の良石和尚が厚き情《なさけ》の心より貸してくだされたのだが、いつの間にすり替えられてしまったのか……」

「観音様、ですかい?」

伴蔵が訊《たず》ねると、勇齋はじっと伴蔵を見据え、懐中から天眼鏡《てんめがね》を取り出した。人相を見るときに使うものだ。やがてピクリと眉を動かして何かを言いたそうにしていたが、思い直したように再びそれを元へ戻すと、お峰のほうを向いて大きく息を吐いた。

「お峰、事の済むまでは、二人でよく気を付けるが良い。このことは、なるべく他の者に言わぬようにしておくれ。俺はこれから、新幡随院へ行って話をしてくる」

そう言って勇齋は、そそくさと萩原の屋敷を後にした。

死人が出たとの話を聞きつけて捕方《とりかた》たちが萩原の家に駆け込んだのは、それからおよそ四半時ほどが経《た》った頃だったという。

数日後、新三郎の亡骸は、新幡随院に葬られることになった。

彼が死ぬ少し前に、牛込《うしごめ》に住む旗本の飯島平左衛門《いいじまへいざえもん》の娘お露《つゆ》が、新三郎のことを恋い慕うあまり焦がれ死にをして、新幡随院には既に墓が建てられていた。新三郎とは因縁があるということで、その隣に石塔が建てられることになったのである。


萩原様は、お露の幽霊に憑き殺された。

その幽霊の一人は島田髷《しまだまげ》の新造《しんぞ》で、一人は年増で牡丹の花が付いた灯籠を提《さ》げていた。

牡丹灯籠の幽霊を見た者は三日を待たずに死ぬから、萩原の家に近づいてはいけない。

そんな話が根津《ねづ》の辺りに流れ始めたのは、それから間もなくのことだった。

噂《うわさ》には、尾鰭腹鰭《おひれはらひれ》が付きものである。

萩原の家には幽霊が百人来る。根津の清水には女の泣き声がする。

そんな評判になってくると、辺りに住んでいた者たちは気味悪がって、次々に越して行ってしまう。そのため、しだいに根津の町は閑散としてきた。

「いやはや、参ったな。こうも人がおらんようになっては、人相見も商売上がったりだ」

勇齋が伴蔵のもとを訪ねてそんな話をしたのは、新三郎の亡骸がみつかってから、既に一月ほどが経ってからのことだった。その日はお峰が畑仕事に出ていたため、二人は茶を煎《い》れることもなく話し込んだ。

「はあ……そういうもんかい」

伴蔵は素っ頓狂な声をあげた。

「当たり前だろう?」

「何です、その人相見っていうのは?」

「お主、俺がどういう商売をしているのかも知らなかったのか」

「アンタに金を払って頼みごとをしたなんて、なかったからな」

伴蔵の言葉に、勇齋は呆れて苦笑した。確かに、言われてみればその通りだ。

「人相見というのはな、人の顔を見てその者の運命を判断するのだ。骨の作り、顔の作り……それから、目鼻も大事だな」

「するってぇと、アンタは人の骨が透けて見えるんですかい?」

「馬鹿を言うでない。肌の上からでも、骨の形がどんなだかはわかる」

勇齋はあしらうように笑っていたが、急に真面目な顔付きになった。下から上を見上げるような目付きで、伴蔵の顔をしげしげと見つめる。

しばしのあいだ、二人は黙ってただお互いを見合っていた。

やがて勇齋は意を決したかのように、

「お主のことも見てやろうか? なに、萩原殿の孫店同士の縁だ。金などいらぬ」と、顔付きを変えることもなく、おもむろに低い声を出した。

再び、二人のあいだに沈黙が流れる。

しかし、今度は、伴蔵がすぐに口を開いた。

「それには及ばねえ」

「そうか？　未来のことだけでなく、お前のこれまでの因縁もわかるぞ」

「因縁？」

「ああ。人に限らず、森羅万象に起こる事はすべて、因縁で決まっておるのだ。誰かに悪行をすれば、きっと自分の下に良からぬ事が降りかかってくる。前世でいがみ合った者同士は、今《こん》生《じょう》に生まれ変わってからもまた出逢い、何かしらの関係を生ずる。同じ日に生まれた男女は、今生か来世か、どこかで再び生が重なり合う。この世の中は、そうした因縁が積み重なってできておるのだ」

伴蔵は黙って、勇齋の言を聞いていた。けれども彼の目や口元には、どこか相手を馬鹿にしたような、蔑むような、奇妙な笑みがずっと浮かんでいた。

勇齋が話し終えると、伴蔵は二度、三度と頷《うなず》いて、

「アンタの言うことは、どうも難しいな。俺には学がないからよくわからねえや」と、放り投げるように言った。

「……そうか」勇齋は腕組みをすると、肩の力を抜こうとしたのか、しきりに首を左右に振った。そのまま、「して、伴蔵。これからどうするつもりだ？」と、訊ねた。

「えっ？」

「俺はこうしていても仕方がないから、ここを引き払って神田《かんだ》の旅籠町《はたごちょう》辺りに引っ越そうかと思っておる。あの辺りはこの頃、米や魚の問屋《とんや》が増えているからな。商いをする者ほど、運を気にするものだ」

「そうですかい。そうだなあ……」

伴蔵は、天井を仰いでぼんやりと考えていた。そして、そのままポツリと、

「栗橋《くりはし》で、商売でも始めるかなあ」と、漏らすように声を出した。

「栗橋宿？」

「ああ、俺の生まれだ。お峰を連れて、そろそろ戻るのも悪くねえ」

「しかし、商売とは……お主は、元手になるような金子《きんす》を持っておったか？」

勇齋の問いに、伴蔵は、

「萩原様から頂いた金を、少しずつ貯《た》めていたんだ」と、当然のように言って、胸を張った。

「そうか、そうか。人は見かけによらぬものだな。てっきり、宵越しの銭を持たないと思っていたが」

勇齋の言葉に、伴蔵は「へへっ」と愛想笑いをする。

勇齋は続けた。

「なるほど、商売を始めるというのは悪くない。萩原様が亡くなられて、幽霊が出るとなれば、

この屋敷は陰の陰だ。こういう場所にいるとやがては陽の陽に転じるから、あるいは上手くいくこともあるかもしれぬ」

勇齋が言うと、伴蔵の顔付きはぱあっと明るくなった。

「そうかい、上手くいきやすかい！」

「それはまだわからぬが……」

「なんだかアンタがそう言うと、上手くいくような気がするよ」

伴蔵は嬉《うれ》しそうに声をあげ、

「縁があれば、またアンタとも会えるかもしれねえですな」と、言って、ニヤリと笑った。

そんな伴蔵を見た勇齋は、どこか彼から、空恐ろしいような、まるで妖鬼《ようき》かそれこそ幽霊にでも会ったときのような、不可思議な感情を覚えたのだという。

一　臥竜梅《がりょうばい》

昼間でも往来が多い常盤橋《ときわばし》の界隈は、夕刻になるといっそう喧噪《けんそう》の度を増してくる。

北町奉行所から勤めを終えた同心が門外に出てくると、門の中に入ることのできない御用聞き――俗にいわゆる岡っ引きがどこからともなくやって来て、すうっと身を寄せてくる。そしてまじめくさった顔をして声を潜め、互いに耳をそばだてて、何やらただならぬ話を始める。どの同心もたいてい、八丁堀の組屋敷《くみやしき》に、彼らのための食事を常に用意している。そのため同心は、組屋敷に戻って御用聞きと会うこともできるはずだ。

けれども、八丁堀までは十町ほどの道のりがある。そのため、たとえば下谷《したや》の広小路《ひろこうじ》や日本橋の通辺《とおり》りで下引《したっぴき》から話を聞いてきたような御用聞きは、直接ここへ足を運んでくるのである。

隠密廻《おんみつまわ》り同心の高遠伊助《たかとおいすけ》も、奉行所に出て風聞書《ふうぶんがき》をしたためて、常盤橋門から外に出た。

そのとき、

「旦那……亀島《かめしま》の旦那」と、背後から声をかけられた。

伊助は八丁堀の中でも、端のほうにある組屋敷に住んでいる。すぐ近くを亀島川が流れているので、そう呼ばれることが多かった。

盗むようにして、伊助は周囲を見渡した。

やがて、黄八丈《きはちじょう》の着流しに黒紋付《くろもんつき》の巻き羽織を引っかけ、白い鼻緒《はなお》の雪駄《せった》を履いた男が、伊助の目に留まった。

その姿はどう見ても、御用聞きである。だから本来であれば、その男のほうから、伊助のもとに近寄っていくはずだ。

それなのにどういうわけか、伊助は驚いたように目を見開くと、あたかも相手に対してやましいところでもあるかのように、慌てて御用聞きのほうに駆け寄った。そして、

「また、どうされたんですか！」と、囁《ささや》き声で、しかし強い口調で言った。

「どうしたも何も、あっしは亀島の旦那の御用聞きの政吉《まさきち》ですから」

政吉が平然と言い放つと、

「だから、それはやめてくださいと……」と、伊助は頭を抱えた。

「不満ですかい？」

「いや、一介の同心が、上のお方を御用聞きとして抱えるなんて、どう考えてもおかしいでしょう」

「へへへ。だから今のあっしは、政吉ですって」

「その政吉っての、やめてください……御奉行様！」

伊助は声を殺したまま、口調を荒らげた。すると、政吉――北町奉行《きたまちぶぎょう》依田豊前守政次《よだぶぜんのかみまさつぐ》は、

急に鷹揚とした態度になった。

「はっはっは……良いではないか。どうせ、この時分は非番なのだからの」

「いくら非番でも……」

「なあに、お主から手札《てふだ》はもらっていないのだから問題なかろう。それに伊助のように押しの弱い性《さが》では、やくざ者や町の顔役を御用聞きに抱えるなど無理であろう？　それを買って出てやろうというのだから、むしろありがたく思ってもらわなくてはな」

「御奉行様が内密に岡っ引きをやるなんて、まるで講釈師の語る講釈か何かのようですね……」

「……なに、不満か？」

「不満というわけではないのですが」

「本当に、度胸の無い男だの。これは先日、お主がこっそりと吉原に行ったときのことを、お主の屋敷で奥に話して聞かせねば……」

「あれは、風聞書を書くために……」

「ええい、黙れ。そういう面白そうなところに行くときは俺も連れて行け！」

「申し訳ありません！」

急に叱責されて、伊助は深々と首《こうべ》を垂れた。

周囲にいた人々が、何事かというように、二人に視線を向ける。傍《はた》から見れば、奉行所の役人が御用聞きの町人に頭を下げているのだから、当然と言えば当然だ。

そうした視線に気づいたのか、

「と、とにかく。ここで立ち話も何ですから、某《それがし》の屋敷においでください！」と、伊助は依田豊前守にグッと顔を寄せて手首を握った。

「伊助はときどき強引になるな。いいぞ。少し身を任せてみたくなる」

「そういう話は、よそでやってください！」

伊助は依田豊前守の言葉に構わず、引きずるようにして門の前から彼を連れ出した。


常盤橋門を後にして日本橋の通りに抜けると、さらに人通りは増してきた。

政吉こと北町奉行依田豊前守政次と、高遠伊助とは、雑踏の中を縫うように歩きながら話を続けた。

「それで……伊助は、今回の騒ぎのこと、どう思う？」

依田豊前守はすっかりいつもの口調に戻って、伊助に訊《たず》ねた。この人混みの中であれば、奉行らしく振る舞っても、周囲に聴き取られないというのであろう。

それにしても、依田豊前守が町人の出で立ちをしながらこうした口調で話し掛けてくることは、聞いている伊助にとってもなかなか馴染《なじ》めないものだった。

「今回の騒ぎ……？」

「萩原新三郎《はぎわらしんざぶろう》殿の件だ」

「ああ、あの幽霊に憑き殺されたという話ですか」

伊助は、思い出したように目を見開いた。

隠密廻り同心の仕事は、江戸の町で起きている様々な騒動や諍《いさか》い、あるいは幕府から出されたお触れなどについて、町人たちの様々な話を聞き、それを風聞書として町奉行に報告することである。

伊助は根津《ねづ》の界隈で聞いた話を思い出しながら、

「ずいぶんと噂《うわさ》になっているようですね。幽霊を怖がって他の町に越していく者も、この頃は多いと聞き及んでおります」と、淡々と応《こた》えた。

そしてじっと、隣を歩いている依田豊前守に視線を向ける。まっすぐな眼差しには、決して巷間で行われている風聞を信じてなどいないという意《こころ》が、暗に込められていた。

そんな伊助の目を見て、依田豊前守は満足そうに頷《うなず》いた。

「して、萩原殿の検屍《けんし》はできたのか?」

「石子伴作《いしこばんさく》殿がなされていたので、なかなか手を出し難うございましたが」

「ああ、あやつらか」

石子伴作の名を聞いて、依田豊前守は憮然《ぶぜん》とした面持ちになった。

石子は、吟味与力《ぎんみよりき》の金谷藤太郎《かなやとうたろう》の下に付いている同心である。その金谷と依田豊前守は、ことのほか折り合いが悪かった。

奉行はそのときどきによって入れ替わるが、与力と同心とはずっと同じ奉行所にあって、その職に就いている。したがって特に与力には、己《おのれ》こそが奉行所の仕事を心得ているのだという自負を持つ者が少なくない。

そうした与力にとって、奉行はいわばお飾りである。それゆえ、奉行の意向を聞き入れず、好き勝手な振る舞いをすることも厭《いと》わない。

金谷藤太郎はまさしく、そうした与力の一人だった。

依田豊前守が北町奉行となってから、既に八年近い歳月が経《た》っている。それでも、依田豊前守と金谷との関係は、いまだお世辞にも主従とは言えなかった。

「今しばらくお待ち頂けましたら、萩原新三郎についての風聞書を改めてお出しします」

考え込む依田豊前守に、伊助は遠慮勝ちに言った。

「よろしく頼む」依田豊前守は思い出したように返事をして、「いくらでも御用聞きに、この政吉を使ってくだせえ」と、続ける。

「だから、それは……」

伊助はどっとくたびれたような顔付きになって、肩を落とした。

依田豊前守は、伊助をからかってさもおかしそうにしていたが、

「それからもう一つ、伊助に頼みたいことがあるのだが……」と、急に真剣な顔をする。

「はあ、なんでございましょう」

「飯島平左衛門《いいじまへいざえもん》が、宮野辺源次郎《みやのべげんじろう》に討たれた件についても、もう少し調べてほしいのだ」

「はあ、左様でございますか……」

依田豊前守の言葉に、伊助は内心で首を傾げた。

飯島平左衛門が隣家に住む源次郎にみずからの屋敷で討たれたのは、つい先日のことである。

旗本の屋敷で起きた騒動とのことで、幕府の御目附《おめつけ》が亡骸《なきがら》を検《あらた》めた話は、北町奉行所にも届いていた。

飯島平左衛門の脇腹には突傷《つききず》があったが、平左衛門は真影流《しんかげりゅう》の奥義《おうぎ》を極めた剣術の名人、本来であれば源次郎のごとき者に討たれるはずもない。

しかし、御目附の見立てでは、寝間に忍び入り、熟睡の油断に附け入って鎗《やり》を用いて襲ったのち、刀をもって斬殺《きりころ》したに相違なしということで、この件は片付けられた。

源次郎は飯島の家で働いていたお国《くに》という女中とともに、その日のうちに行方知れずになったという。そのため、源次郎はひそかにこのお国と通じていたのであろうとのことで二人がお尋ね者となり、飯島家は改易《かいえき》と決まって、平左衛門の亡骸は内々に谷中《やなか》の新幡随院へ送られたのだった。

「確かに、飯島平左衛門殿が、宮野辺源次郎のような者に討たれるというのは、不可思議ではあります。それに、萩原新三郎殿を憑き殺したというお露《つゆ》という娘は……」

伊助が独《ひと》り言のように言うと、依田豊前守は満足そうな笑みを浮かべる。

「そうだ。そのお露が、殺された飯島平左衛門の娘なのだ」

「つまり飯島家では、立て続けに二人が亡くなられた、と」

「偶然とは思えまい？」

「ええ……確かに、調べてみたほうが良さそうですね」

ちょうど伊助が依田豊前守の意向に得心した頃、二人は伊助が住む亀島川近くの組屋敷に辿り着いた。

「それはそうと、亀島の旦那。これから旦那の屋敷で、食事を馳走になっても構わないですよね？　旦那のご内儀のお栄《えい》殿が作る料理は旨いので」と、依田豊前守は急に御用聞きの政次となって、明るい声を出した。

そんな依田豊前守の豹変ぶりに、伊助はまたいつものように、大きく吐息を吐いて肩を落とすのだった。

＊　＊　＊

神田《かんだ》明神《みょうじん》から湯島《ゆしま》の天神に抜ける通りには、麹屋《こうじや》と植木屋が、左右にいくつも軒《のき》を連ねている。

小袖を着て商家の手代《てだい》らしい出で立ちをした伊助は、そうした町並みを脇目に見ながら足早に歩を進めた。やがて本郷《ほんごう》に抜けると、肴屋《さかなや》と竹屋が目立つようになってくる。

本郷も兼康《かねやす》までは江戸の内《うち》。

兼康は、歯を磨くときに使う乳香散《にゅうさんこう》を売り出したことで知られる小間物屋である。

享保《きょうほう》三年に江戸の町で大火事が起きたとき、当時の南町奉行だった大岡越前守忠相《おおおかえちぜんのかみただすけ》は、本郷の兼康よりも南側の一帯を土蔵造りにするようにお触れを出し、茅葺《かやぶき》屋根を禁止した。以来、そこに立てられた土蔵造りの町までが、江戸の範疇《はんちゅう》として認められるようになったという。

伊助はちょうどその兼康を通り過ぎたところで路地に入った。

そこから少し進んだところにある小さな屋敷の入口には、「くすし　山本《やまもと》」という看板が掲げられている。

「御免ください。どうも、相すみません」

入口のところで声をかけると、薄い頭のてっぺんに小さな髷を結った、いかにも古法家《こほうか》——漢方の薬師《くすし》らしい風貌の男が、のっそりと顔を出した。しかし、

「いやはや、これは珍しい。当方に客とは、これはどういう風の吹き回しでございましょう」

とうてい薬師とは思えぬようなご機嫌伺いを目の当たりにして、伊助は内心で眉を顰《ひそ》めた。

「あの……こちらで、お薬を頂けると伺ったのですが」

「えっ？」

「えっ？」

「まさか、当方に薬なんて……そんな……………」

まるで予想だにしないことが起きたかのように、左右を見回して言葉を失っている。

やがて、みずからの頬をつねったかと思うと、

「いたたたたた……」と、一人で大騒ぎし、「夢ではないようでございますな」と、真剣な顔付きをして、早口に言った。

「いや……看板に『くすし』と」

「ああ、そうそうそうそう。そうございます。ここしばらく、あまりに客人がいらっしゃらなかったものですから、私が薬師であるということをすっかり忘れておりました。いや、あの看板をみつけられるとは、素晴らしい眼力！　お手代から番頭様となられた折には、きっと商売繁盛、間違いのないことでございましょう」

お幇間《たいこ》医者とはよく言ったもので、その態度はまさしく幇間《たいこもち》そのものだった。

「いつも飲んでいる薬を、昨日切らしていたことに気が付きまして」

気を取り直して伊助は丁重に申し出た。おかげで、お互いに頭を下げ合うような形になった。

「そうですか。それはたいへんですね」

「いえ、他人事のように仰られましても困るのです」

「えっ？」

「ですから、先生にお薬を、と」

「は、ははあ……」

薬師は顎に手を当てて天井を仰ぎ、しばらくぼんやりと考え込んでいた。

やがて、眉間に皺《しわ》を寄せ、たいそう困り果てた様子で、

「このところ、匙《さじ》などなかなか握っていないのです。このあいだとある版元から出た江戸の薬師番付でも、当方は極々々々々大凶と書かれておるくらいでございますからな」と、続けた。

「何をやったらそんな番付になるのです⁉」

「私を、薬師として序の口にすら入れるつもりはない！　ということでしょうな。いやそれももっともなことで、はたして薬の作り方も覚えているかどうか」

伊助は話を聞くうち、しだいに不安を増してきた。

それでも薬師は、伊助に背を向け、薬箱の引き出しを引いては閉じ、閉じては引いてと繰り返している。いちおうは、薬の材料を確かめてくれているらしい。

けれども、こちらの肌や舌を検めたり、肌に触れたり、どんな薬を求めているのかさえも訊ねてこないあたりは、諸人助けのために匙を手に取らぬ薬師と町で評判になっているだけのことはある。

しかしこの山本志丈《しじょう》という薬師が、本郷に移る前は麻布《あざぶ》に住んでおり、萩原新三郎の屋敷にたびたび出入りしていたことは、既に調べがついていた。依田豊前守からこの件について調べるよう言われた伊助としては、何としてもこの男から話を聞き出したかった。

「ああ、そうです。そういえば、だいぶ前に作った薬が、取っておいてございます」

志丈は急に思い立ったように口走ると、懐から紙入れを取り出した。

確かに大概の薬師であれば、その中に丸薬《がんやく》か散薬《こぐすり》でも入っているものだ。

けれども紙入れから出ていたのは、ただの紙切れだった。

志丈はそれをしばらくまじまじと眺めている。やがて、愛想笑いを浮かべたかと思うと、今度は懐から扇子を取り出し、手元をパタパタと煽《あお》ぎ始めた。するとその紙は、まるで生きている蝶ででもあるかのように、綺麗に宙を舞っている。みごとな蝴蝶の舞だった。

……もしかすると萩原新三郎は、この志丈が作った薬を飲み、それに中《あた》りでもして死んだのではないだろうか。

そんな思いが、伊助の頭にもたげてくる。

「相すみません。切らしているようでして」

志丈は深々と首を垂れた。

「そのようでございますな」

「茶を煎《い》れますので、しばしお待ちくださいますよう。いやいや、薬は苦手ですが、茶のほうは得意なのです」

おかしな薬師もあったものだ。それでも志丈は、

「それで……お体はどのような具合でございましょう？　念のためお伺いしておいたほうが、

あるいは薬が作れることもあるやもしれぬと思うのですが」と、いちおう訊ねてはくれるらしい。

「つまり、その芽すらも出ないおそれもある……ということでしょうか？」

「八人に一度くらいは、治ることもあるようでございます。逆に、残りの七人のうち五人は他の薬師に移ると治り、あと二人はその後いったいどうなりましたことやら……」

「お主、誠に薬師か⁉」

「いちおう、そういうことになってございます」

その返事を苦笑して聞きながら、伊助はたとえ薬をもらったとしても、絶対に飲むまいと心に決めた。その一方で、これは願ってもないことである。

茶を煎れてくれるのであれば、このお喋《しゃべ》りな薬師のこと、きっと萩原新三郎についてのことも話してくれるに違いない。

「そういえば、このところ根津の辺りは、ずいぶんとよそへ移って行かれる方が多うございますな」と、伊助が口にすると、案の定、

「そうそうそうそうそうそう、そうそう、そうなんでございますよ」と、志丈は前のめりになって、その話に食いついてきた。

やがて志丈は、伊助が頼んでもいないのに、萩原新三郎の屋敷で起こった事件のことを語り始めた。どうやら、他人に話したくて仕方がなかったようだ。

＊　＊　＊

旗本飯島平左衛門の娘のお露は、すこぶる器量が良いということで、名がよく知られていた。受け口ではあるが、目鼻立ちが良かったそうだ。

しかも父平左衛門にとっては、大事な一粒種である。両親はそれは大切に育てていたそうで、十六歳の春を迎えても浮いた話の一つすらなかったという。

ちょうどその頃、水道橋《すいどうばし》の旗本である三宅《みやけ》家から迎えていた平左衛門の妻が、ふとした事故で亡くなってしまった。そのため父の平左衛門は、妻の女中だったお国という娘に入れ込むようになり、独《ひと》り寝の寂しもあって、とうとう妾《めかけ》として迎えるようになった。

そのお国は器量が良く、とても愛想が良い娘だった。

けれどもお露にとっては、同じ女として何か感じるところがあったのだろうか。あるいは、歳《とし》があまりに近かったためだろうか。

とにかくこの二人は折り合いが悪く、何かにつけて言い争いをするようになった。

そのことに嫌気がさした飯島平左衛門は、柳島《やなぎしま》に別宅を買い、お米《よね》という女中を付けてお露をそこに住まわせた。

志丈が根津にある萩原の屋敷を訪ねたのは、飯島家でこうした騒動が起きてからちょうど一年後の春のことだった。

「どうも、御免くださいまし」

志丈は、玄関先で声をかける。ややあって、色の白い、細面でやや神経質そうな美男が、のっそりと姿を現した。歳の頃は、二十一、二といったところだろうか。彼が屋敷の主《あるじ》、萩原新三郎である。

「これは、山本様。お久しゅうございます」

新三郎は深々と首を垂れてから、

「どうされました？　お薬は以前かなりたくさん頂きましたから、まだしばらくは保《も》つと思うのですが」と、浪人とはいえ武士であるとはにわかには信じ難いような、穏やかな口調で言った。

「いえね、君がいつもこうしてお屋敷に籠もっているものだから、たまには一緒に外出しようと思いまして。お邪魔でしたでしょうか？」

志丈は、薬を求めに来る客人に対するときとは異なり、気さくな調子で声をかける。

「いや、書見をしていたところです」

「それは結構。だがね、いくら独り身で、田畑や長屋を貸して活計《くらし》が成り立つとはいえ、たまには外に出ないといけませんな」

「……そうでしょうか」

「どうです？　これから亀戸の梅屋敷に、梅見というのは。あそこの臥竜梅《がりょうばい》が、今年はとても良いらしいのですよ。北十間川《きたじっけんがわ》から渋い茶や酒でも飲みながら屋形船で下って、帰りに梅干しでも買いましょうか」

「はあ、梅見……」

新三郎は、あまり気が進まない様子だった。

生来《せいらい》の内気な質《たち》である。野に遊ぶよりは、屋敷の中に籠もっている方を好むのであろう。

しかし、志丈は言った。

「梅屋敷の後で、私の知り合いの飯島様の別荘に寄りましょう。いえ、そのお屋敷はたいそうお美しい御婦人ばかりで、お露殿と申すお嬢様と、その女中のお米さんの二人きりなのです。男子たるもの、この世に生を受けたからには、飲む、打つ、買うの三つの遊びのうち、一つくらいには嵌《は》まるものだと申しましょう？　君はそのどれもしないのですから、せめてお嬢様をお相手に冗談でも申してきませんか？」

「いえ、私はそういう……」

「梅もよろしゅうございますが、動きもしないし、口も利きませんからな。私などは助平な質でございますから、梅よりもよっぽど別嬪《べっぴん》の方が楽しみというもので」

気乗りしない様子の新三郎に構わず、志丈は一人でまくし立てた。

新三郎には、これと言って断る理由も思いつかない。とうとう志丈に押し切られて、二人で梅見に向かうこととなった。

それでも、久しぶりの外出で、気分も良くなったのだろう。

――煙草には燧火《すりび》のうまし梅の中。

梅見の最中に新三郎が詠んだ句は、日頃よく書見をしているだけあって、なかなかの腕前である。


帰り途《みち》、二人は酒も入って良い気分になったまま、かねて志丈の伝えていたとおり柳島へと向かった。

別邸とはいえ、旗本だけあってそれなりの屋敷を拵えたようだ。門はしっかりと分厚い木戸が構えられている。

志丈がその門前で声をかけると、

「あら、志丈様。よくいらっしゃいました」と、気の良さそうな小柄な女が、木戸の脇に備えられた切戸《きりど》から顔を出した。

「これは、お米さん。ずいぶんとご無沙汰いたしました。お二人が牛込《うしごめ》からこちらに移られてから、少々遠くなりましたもので。たまにはお顔を見せねばと存じながら、誠に申し訳ございません」

志丈の態度は、誰を相手にするときにでも、ほとんど変わらない様子である。

「まあまあ、どうぞお気になさらず。こちらにお入りあそばしてくださいませ」

お米が切戸を開いたので、二人は誘われるまま中に入った。

門から建物までは、左手に畑がある。手入れがよく行き届いているのは、このお米という女中が、主によく仕えているからであろう。

「お土産もお持ちせず、申し訳ございませんな」

「いえいえ。いつも、私とお嬢様ばかりですから。寂しくって困っていたんですよ」

志丈と新三郎とを案内しながら、お米は如才なく返事をした。

「お露嬢様はいかがしておいでですか?」

「奥にいらっしゃいます」

「それは、良うございました。こちらにお連れ申した美男子は、萩原新三郎君という私の親友でございまして。お嬢様のお友達として、ぜひともお引き合わせしたく思いましてな」

急に話を振られて、新三郎はどぎまぎした。何か言おうとして、なかなかそれが口を突いて出てこないといった様子でいる。

そんな新三郎の様子を見かねたのか、

「あら、萩原様。そう固くならないでくださいまし」と、お米は気安い口調で話し掛けて、二人を座敷に通した。

けれども新三郎は、一向に打ち解けない様子でいる。

お米と志丈の二人が楽しげに談笑する傍らで、出された羊羹《ようかん》と茶にも手を付けない。正座をしたまま、じっとりと脂汗を流している。手拭いを懐から取り出して何度も拭うものの、まったく追いつかない。

そのため新三郎は、部屋の奥にある障子戸がすうっとわずかに開いたことに、まったく気が付かなかった。

およそ一寸半ほどの隙間から、双《ふたつ》の目《まなこ》がじっと新三郎のことを見守っている。

内気ではあるが、美男の萩原新三郎である。

月の形をした眉に、優しげな細い目。色が白く、小袖を着流しにしている。

けれども、もし女髷を結ったらそのまま吉原の陰間《かげま》にでもなることができそうな顔付き。あるいは、華やかな女物の着物を身にまとってに煙管でも吹かしていたら、女郎《じょろう》だと言われても信じてしまうかもしれない。

もしあの殿方のような陰間がいたら……。

双眼の主であるお露は、少し前にお米から見せてもらった艶本《ゑほん》に描かれていた場面を思い出しながら、自分がその陰間に抱かれている様を思い描いた。同時に、新三郎のような色男の陰間が、屈強な男に抱かれているところを夢想した。それもそれとして、なんだか美味《おい》しく頂けそうな気がする。

いや、考えてみれば、あの殿方は陰間である必要もないのだ。

恋というものはしたことがないけれど、もしあの殿方が独り身であらせられるのであれば、自分の婿《むこ》として迎えるというのも、可能性がないでもない。

けれども、まだ言葉を交わしたこともなく、どんな人かさえもわからない殿方を、婿にだなんて……。

そう思うと、急に耳朶《みみたぶ》がぽおっと熱くなってきた。

お露はきまりが悪くなって、わずかに開いていた障子戸を、すうっと閉じてしまう。けれども、やっぱり隣の部屋を訪ねてきた殿方のことが気になって、また開く。

開いては閉じ、閉じては開き。

それが三度目にも及んだときには、さすがに志丈がその気配に気づいていた。

「萩原君。さっきの臥竜梅もたいそう良かったが、先ほどから見え隠れしているこの屋敷の梅の花も、たいそう麗《うるわ》しゅうございますな。どうです、もっとよくご覧になっては」

志丈は言いながらすうっと立ち上がり、不意に障子戸をすうっと開け放った。

隣の座敷では、お露が正座したまま両手を前に付いて、障子戸の隙間から覗《のぞ》き込む姿勢のまま固まっていた。

「あっ、あの…………」

お露は耳だけでなく顔中を真っ赤に染めて、しどろもどろになっている。

その姿を、新三郎は初めて目の当たりにした。

小柄で腰がしなやかで細く、小さな作りの顔にぷっくりと可愛らしい唇がある。目は切れ長というよりは大きめであるものの、白い肌は肌理《きめ》が細かく、島田に結った黒い髪には艶があって、やや幼いような印象を受ける。けれども、きっと数年後には、麗しい娘となるであろうことが、予見された。

新三郎はしばらくのあいだ、まるで取り憑かれでもしたかのように、思わずじっとお露に魅入っていた。やがて、女性を見つめてしまっていたことに気が引けたのか、首を垂れて、申し訳なさそうに、

「……すみません」と、誰に向かって発したのかさえもよくわからない、謝罪の言葉を口に出した。

すると、新三郎の隣にいた志丈が、何か閃《ひらめ》いたかのように目を見開いた。

「そう！　お嬢様は、こちらの新三郎君とお会いするのが、初めてでいらっしゃいましたな。どうです？　お近づきのしるしに、ちょっとお盃をさしあげるなど」

「あら、気が付きませんで。とんだ失礼をいたしました」

志丈の言葉に、お米が続いた。

驚いたのは、お露のほうだ。お米が燗を付け、肴を用意しているあいだ、お露は竈《へっつい》のところで仕事をするお米の後ろを、何をするわけでもなくうろうろしている。簡単な吸い物と焼き魚に酒の準備が整うと、お米が運んでくる後ろを、こそこそと付いてくる。まるで、軽鴨の親子

のようだ。

「さ、さ。新三郎君。どうぞ、どうぞ」

志丈は半ば無理矢理に、新三郎に盃を持たせた。

するとお米も、

「さあ、お嬢様。どうぞこちらに」と、背後にいたお露を前に押し出し、そのまま新三郎の脇に座らせる。

お露はどうしたらいいのかわからないらしい。しばらくぼんやりしていたが、ようやくハッと気づいたらしく、ピクリと眉を動かすと、恐る恐る銚子《ちょうし》の柄を握り、そっと前に差し出した。

慣れない手つきで、新三郎の盃に酒が注《つ》がれる。

志丈はすかさず、

「いや、これはめでたい。まるで、御婚礼の三々九度《さかづき》のようでございますな」と、囃《はや》し立てる。

お露と新三郎は二人揃って真っ赤になり、互いに下を向いて顔を背け合った。


ようやくお露と新三郎が慣れてきて、ぽつりぽつりと会話をするようになったのは、夕暮れの赤い光がだんだんと濃さを増して、室内もぼんやりと薄暗くなり始めた頃だった。

「あら。そろそろ灯火《あかり》を入れないといけませんね」

お米が思い出したように口にすると、

「いやはや、たいそう長座いたしました。そろそろお暇《いとま》せねばなりませんな」と、志丈はしまったというふうに、ポンポンと自分の頭を二度叩《たた》いた。

「いいじゃありませんか。お連れ様もいらっしゃるんですから、お泊まりなさったら」

「いやいや。二人で泊まりでもしたら、憎まれ者になってしまいます。僕はこれまでで、失敬しますよ」

志丈は愉快そうに笑って言った。

内心では、新三郎は一人でこの飯島の別邸に泊まるものと確信していたのだ。けれども——「僕も、そろそろお暇いたします」と、新三郎が腰を浮かせたので、意外に思うことこの上なかった。

「えっ!? ……君も帰るのか?」

「ええ。御迷惑をおかけしても、申し訳ありませんから」

新三郎が照れ臭そうに言うと、お露はチラリと新三郎を見た。

——そのときのお露の様子を、志丈は忘れられないのだという。

目にうっすらと涙を湛《たた》えて、上目遣いに新三郎を見ている。口は微《かす》かに開いて何かを言いたそうに微かに唇を震わせていたが、その言葉がどうしても出てこないらしい。

……そう思っていたとたん、ふと、お露の様子が変わった。

顔を上げて口元にうっすらと笑みを浮かべたかと思うと、目を細め、何かを求めるように新三郎を見据えた。

やがて小さな舌で唇をペロリと舐《な》め、肩を上下させて深く呼吸している。

わずかに腰を浮かせたその様子は、今にも新三郎に飛びつきでもしてしまうのではないかと見えた。

その瞬間、志丈には、まるで何か悪しきものが、このお嬢様に取り憑いたのではないかと思えたのだという。

「ねえ……新三郎様」

お露は、声をかけた。その声はか細かったが、まるで幾重にも声が折り重なって響くかのように、妙にはっきりと志丈の耳に届いた。

「貴方《あなた》がまたいらしてくださらなければ、私はきっと、死んでしまいますよ」

お露の言葉に、志丈は、ゾッと総身の毛がよだつような心持ちになったそうだ。

そして新三郎のほうも、お露の言葉がずっと耳に残り、ほんの一時でさえ忘れる暇がなかったらしい。そして翌日から、しだいに食事も喉を通らなくなり始めたのだという。

＊　＊　＊

飯島の別邸を訪れてからというもの、新三郎はいつもどこかぼんやりとして、日々を過ごすようになった。

書見をすることもなく、ただ黙って庭を眺めることが増えた。

来客があっても、相手の話を聞いているのかどうかさえ覚束ない。

新三郎の孫店《まごだな》に住んで身の回りの世話をしていた伴蔵《ともぞう》とお峰《みね》の夫婦も、新三郎の変貌ぶりにずいぶんと驚いたのだそうだ。

やがて志丈から飯島の別邸を訪ねたという話を聞き、

——どうです、お一人で飯島様のお屋敷に伺ってみたら？

お峰は何度か、そう声をかけたのだという。女だけあって、さすがにすぐ新三郎がおかしくなった理由を察したらしい。

けれども新三郎は、

——いえいえ。女性の二人住まいに男一人で伺って、飯島様にみつかりでもしたらたいへんですから。

そう言って、出かけようとはしなかった。

けれども志丈によれば、新三郎のほうでも内心では、もし誘われるようなことがあったら、再びお露のもとを訪れるつもりだったのではないかという。

「飯島様の別邸を出た後で、思い直したのですな。新三郎君は、浪人の身の上。もしそんな方とお露殿が良い仲になるきっかけが私であることが知れたりしたらこれはたいへん、飯島様は真影流の奥義を極めた名人でございますが、癇癪《かんしゃく》持ちでもおられますからな。もしかすると愛娘《まなむすめ》の不義にお怒りになり、私めの首が飛ぶようなこともあるのではないかと。君子、危うきに近寄らず。それからというもの、新三郎君のところには行かざるようになったのです」

志丈は伊助に向かってそう言うと、すっかり冷めた茶を飲み干した。

その言葉を信じるのであれば、志丈は、萩原新三郎の身に何が起きたのか、その後のことは直接見聞きしていないことになる。

伊助は話を聞きながら、なんだか拍子抜けしたような気分になった。

「……つまり、萩原様が亡くなられたときの様子については、亡骸を見るまでわからなかったということでございますか？」

するると、志丈は声を潜めるようにして答えた。

「その後、新三郎君のところを訪ねたのは、一度きりでございますな」

「一度？」

「ええ。あれは確かお露殿が亡くなられてからしばらく後、六月二十三日のことだったかと思います」

お露が亡くなったからには、もう自分が萩原新三郎を紹介したとのことで、飯島平左衛門から咎《とが》められることはないと安心して訪れたのだと、志丈は言った。その頃、志丈はまだ本郷ではなく麻布に屋敷を構えており、江戸の方々で仕事をしていて来られなかったと伝えたところ、新三郎はすぐに納得した様子だったという。

そして、ひととおりの挨拶を終えると、

――それにしても、新三郎君はどうもお顔の色がよろしくありませんな。

藪《やぶ》ではあっても、いちおうは薬師である。志丈はすぐに、新三郎の様子がおかしいことを見て取った。聞けば、四月の半ば――二人で飯島の別邸を訪れた直後から、ほとんど寝てばかりで、食事すらも摂っていなかったのだという。

――ひどいじゃありませんか。私も飯島さんのところにお菓子折の一つでも持って御礼に伺いたいと思っていたのに。君が来ないから、私は行きそこなっているのですよ。

新三郎は、力なく笑って言った。

冗談半分、本気半分といったふうに、志丈には見えたそうだ。

そこで志丈は、

――それがでございますね。かわいそうに、お露殿は亡くなられたのですよ。

と、声を潜めて伝えた。

――このあいだ、飯島様のお屋敷に参りまして、父君の平左衛門様に、お目にかかったんですがね。娘は歿《みま》かり、女中のお米も後を追うようにして亡くなったと申されましたから、たいそう驚きました。様子を聞いて参りますと、まったく新三郎君のことを恋焦がれるあまりに、焦がれ死《じに》をしたのだろうとか。本当に、君は罪造りですな。男もあんまり麗しく生まれるというのは、まったく罪ですよ。

亡くなられたものは仕方がないから、念仏でもねんごろに唱えてさしあげると良い。

そう伝えると、新三郎は、目を見開いたまま何も言わずにただぼんやりと呆《ほう》けていたのだという。

「……つまり、その前後に何があったのかということは、ご存じないということですか」

確認をするように、伊助はもう一度、志丈に訊ねた。

「いえいえ。それがでございますね、実は聞き及んでいるのでございますよ」

「聞いている？」

「ええ。先ほど話にチラと出てきた、新三郎君から孫店を借りていた伴蔵という男がおりましてな。その者は、私が出入りしなくなってから後も彼の面倒をずっと見ておりまして、亡くなるまでの出来事を教えてもらったのでございます」

「……ほほう、そのような方がおられるのでございますか」

伊助は感心したように、目を丸くして声をあげた。

もちろん、これは演技である。萩原新三郎の件について調べていくと、必ずこの伴蔵という男の名前が出てくるのだ。

けれども、こうして風聞を集めているときには、隠密廻り同心であることを悟られるわけにはいかない。あたかも伴蔵という名前を初めてこの場で志丈から聞かされたかのように、振る舞わなくてはならない。

「伴蔵も、ずいぶんとお喋りな質でございましてな。私に限らず何人かに、新三郎君が亡くなられたときのことを、触れ回っているそうですよ。これがまた、身の毛もよだつような恐ろしい話で……」

「なるほど、それは興味がそそられますな」

伊助は膝を進めて、志丈のほうにすり寄った。

すると志丈のほうでも、待ってましたとばかりに声を潜めた。

「それではお教えしましょう。新三郎君の身に起きた、世にも恐ろしい出来事を……」

まるで秘密の話か、怪談か何かでも語り始めるかのように、志丈はニヤリと笑って上目遣いに伊助を見据えた。

二　お露《つゆ》新三郎《しんざぶろう》

萩原《わぎわら》新三郎《しんざぶろう》は、初めてお露《つゆ》を目にしてからというもの、すっかり惚れ込んでしまっていた。けれども、志丈《しじょう》がなかなか訪ねてこないので、飯島《いいじま》の別邸に行くこともできない。だからといって、一人で柳島《やなぎじま》に向かうような度胸もない。

日々を悶々《もんもん》として過ごすうち、ある日、新三郎は一計を案じた。この日も駄賃を目当てに自分の世話をしにやってきた伴蔵に、

「伴蔵《ともぞう》、あなたは釣りが好きでしたね」と、声をかけたのである。

「へい。好きの嫌いのって、本当に飯を食うより好きで」

伴蔵は、新三郎の問いかけを意外に思いながら答えた。

釣りの話などこれまでされたことはなかったし、そもそも新三郎は外に出ることを嫌っていたのではなかったか。

「そうですか……でしたら、一緒に釣りに出かけませんか？」

「えっ？　確か萩原様は釣りどころか、外に出られることもお嫌いだったと思いやしたが……」

「なんだかね、魚釣りが、急にむらむらと好きになってきたんですよ」

「はあ、むらむら……なんだか、魚に欲情でもしているようですな」

「横川《よこがわ》から柳島に抜ける辺りでたいそう鰹《かつお》が釣れるという噂《うわさ》だから、行ってみようか」

「いやいや、鰹が川で釣れるもんかい！」

「えっ、そうなのかい？」

「横川でしたら、鯔《ボラ》か鱮《たなご》が良いところでしょうな。まあ、釣りであれば、お供いたしやす」

新三郎と伴蔵は、弁当を用意し、酒を吸筒《すいづつ》に入れて、神田《かんだ》の昌平橋《しょうへいばし》へと向かった。橋の袂《たもと》には、船宿がある。横川から隅田川に出て北に向かうと、柳島に抜けることができる。

けれども、頃は皐月。

五月雨こそ落ちてきてはいなかったものの、空はどんよりと厚い雲に覆われていて、船の上はどこか肌寒い。まして、魚が釣れることもなく、伴蔵と並んでぼんやりと釣り糸を垂らしているうち、やがて新三郎はうつらうつらと転寝《うたたね》を始める。

「萩原の旦那、この時分にそうしていると、お風邪をひきやすよ」

伴蔵の声にハッとして、新三郎は目を醒ました。

岸辺を見渡すと、船はいつの間にか、ちょうど柳島の辺りに流れ着いていた。

「ここでいったん降りてもいいかい？」

新三郎は、伴蔵に声をかける。

「こんなところで、どうしやした？」

「なに、ちょっと行くところがあってね」

「俺も一緒に参りやす」

「……いえね、いいんですよ。そこで待っていてくれれば」

「だって、お供のための伴蔵ではありやせんか」

「お前は野暮だねえ。恋にはなまじ連れは邪魔、というじゃないか」

「……ははあん、そういうことでしたか」

伴蔵はそのひと言で、ようやく新三郎の恋を知ったらしい。

それで、新三郎は一人で、飯島の別邸に向かうことになった。

岸に船を着けて、屋敷の門に向かう。武者震いでもするようにブルブルと震えて、わずかに開いていた切戸の隙間から中を覗《のぞ》き込んだ。

庭に人の気配はない。

お露もお米《よね》も、建物の中にいるのだろうか。

戸を少し押してみると、鍵は掛かっていないらしかった。

新三郎はそっと戸を押し開けて、忍ぶようにして中に入った。

この屋敷を訪ねたのは、志丈とともにやってきた一度きりである。けれども新三郎は、何度も通ってきているのではないかというくらいに、勝手を知っていた。

畑の傍らに泉があって、その奥に大きな赤松が聳《そび》えている。そこに突き出るように作られた四畳半が、お露の部屋だ。

新三郎はふと、背後を振り返った。

……誰かが見ているような気がする。

けれども、誰もいない。気のせいだっただろうか。

しきりに首を傾《かし》げながら、新三郎は松の根元に辿《たど》り着くと、折戸になっている雨戸を開いた。

……中は、薄暗い。

目を凝らすと、蚊帳《かや》が吊《つ》られて、中に蒲団が敷いてある。床《とこ》に伏しているのが、お露だった。

微《かす》かに寝息が聞こえてくる。

もしかするとお露は、自分と同じように恋煩いのために寝込んでしまったのではなかろうか。

そう思うと新三郎は、なんだか嬉《うれ》しいような、申し訳ないような気分になった。

そのとき――

「新三郎様でいらっしゃいますか!?」

お露が目を覚まし、起き上がった。

あまりに不意にのことだったため、新三郎はひどく面食らった。

「……え、ええ」

「ようこそいらっしゃいました。どうして、今までいらしてくださらなかったのです」

「それが……志丈殿があれ以来、僕のところに参らなかったものですから。一人で伺うというのは、何分、間《ま》が悪かったのです」

「そんなことお気になさらず、いつでもいらしてくださいましたらよろしかったですのに……さ、さ、どうぞお上がりになってください」

お露は、新三郎に身を寄せた。そのまま恥ずかしさも忘れて手を取り、蚊帳の中に引きずり込むようにして招き入れた。

娘一人とはいえ、ずっと床に伏していた部屋である。

折戸を開くことさえもしなかったのか、湿った、温かい空気に包まれている。濃厚な女の匂いが立ちこめている。

両の腕《かいな》を巻き付けるように、お露は新三郎に獅噛《しが》み付いた。

お露の肌の柔らかさと、熱さと、肌の下を流れる血潮の脈動に、新三郎は驚いた。

ハッとして、お露と目を合わせる。

その瞳は、まるで熱にでも浮かされたかのように、虚ろで、ぼんやりとしているのだ。

けれども奥のほうには、ギラリと、光るものがあった。

その光は、お露自身のものというよりは、何かに憑かれてでもいるかのように、妖しい、この世ならざる者の雰囲気を帯びていた。

目を合わせるだけで、生気が吸い込まれていくような気がする。

意識では、目を合わせてはいけない、目を逸《そ》らさねばと思っているのだ。それなのに、新三郎は気が付くと、その目に魅入られていた。

息が深くなる。

心の臓が、しだいに強く脈打っていく。

お露の血潮が伝播したかのように、新三郎の体も、だんだんと熱を帯びていく。

熱い。

額から汗が滲《にじ》んで、すうっと流れる。

その瞬間、お露の目から一筋の涙が溢《あふ》れ落ちた。

それが、新三郎の理性を吹き飛ばした。

新三郎は両腕で犇《ひし》とお露を抱き締めると、そのまま二人は、新枕を交わすこととなったのである。


新三郎が目を覚ましたとき、お露は脇で三つ指を立てていた。

いつの間にか床を抜け出して、襦袢《じゅはん》を身にまとっていたらしい。

半身を起こした新三郎は、自身が丸裸でいることに気が付き、慌てて蒲団を引き寄せた。その様子に、お露は口に手を当ててクスリと笑ってから、膝元にあった香箱を新三郎のほうに押し出した。

「新三郎様。……これは、私の亡くなられた母上から譲られた、大事な香箱でございます。どうかこれを私の形見と思し召して、お預かりください」

「……形見？」

新三郎には、お露が何を言っているのかわからなかった。

お露はその問いかけに答えず、そっと香箱を撫でた。

暗がりのため、本来であればよく見えないはずなのだ。けれども新三郎には、秋の野に虫が飛んでいる様子を象嵌《ぞうがん》で象《かたど》った模様が、いやにはっきりと目に映ったのだという。

次の瞬間。ドンと、激しい音がした。

襖《ふすま》が勢いよく開かれたらしい。

驚いて新三郎が顔をあげると、お露の父である飯島平左衛門《へいざえもん》が、ギロリ、目を光らせて立っている。

「貴様……何者だ」

背中越しに入ってくる光に、平左衛門が鍔《つば》に手をかけた太刀が照らされて、刀身が鈍く銀色に輝いている。

それを目にした瞬間、新三郎は恐れおののいた。

けれども、すぐにハッと我に返る。

新三郎はそのまま蒲団の上に正座をして深々と首《こうべ》を垂れ、

「手前は、萩原新三郎と申す粗忽《そこつ》の浪士でございます、誠に……誠に、相すみませんことをいたしました」

震える声を絞り出す。

飯島平左衛門は、眼前にひれ伏している臆病そうな優男《やさおとこ》を、侮蔑を込めた視線で見下ろした。

そして、

「なんだ、こいつは。俺のところにいる孝助《こうすけ》の爪の垢でも、煎じて飲ませてやりたいものだ」

と、独り言のように呟《つぶや》くと、ギロリ、お露のほうに目を向けた。

「お主は、国《くに》がどうの、親父がやかましいの、どうか静かなところに行きたいのと、好き勝手に言ってからに……こうして別邸に住まわせておけばこのような男を引きずり込み、親の目を盗んでこうして不義を働くとは。御直参《ごじきさん》の家の娘がこのような真似をしていることが世間にでも知られたら、家名《かめい》を穢《けが》し、何より御先祖様に申し訳が立たぬわ。この、不届き者めが！　手打ちにしてくれる!!」

慌てたのは、新三郎だ。

浪人の身でありながらお露への恋に耐えることができず、こうして忍んできたのは自分の咎《とが》である。

「しばし！　しばしお待ちください！」

新三郎は、こんな声を出すことができたのかと自分でも驚くような大音声《だいおんじょう》をあげ、今にも獅嚙み付くほどの勢いで前に進み出て、続けた。

「お腹立ちは、重々ごもっともでございます！　ただ、お嬢様が不義をあそばしたわけでは、決してございませぬ。この私《わたくし》めが二月にこちらのお屋敷に参り、お嬢様を唆《そそのか》したのでございます。どうか……どうか、お嬢様はお助けなすってくださいますよう」

すると、お露はすかさず、新三郎に抱き寄った。

「いいえ、父上。私が悪いのでございます。どうぞ、私をお斬りあそばして、新三郎様をお助けくださいまし」

「ええい、黙れおろう！　誰彼とて、容赦はせぬ。不義は同罪、観念せい！」

平左衛門はそう叫ぶなり、太刀をするりと引き抜いた。

次の刹那《せつな》、ヤッという声とともに振り下ろされる腕の冴《さ》え。

新三郎が声をあげる間もなく、お露の首がごろりと、床に落ちる。

血潮が天井まで届くほどの勢いで胴体から吹き出し、平左衛門と新三郎の体に降り注いだ。

「お露殿っ！」

倒れかかろうとする胴体を、新三郎が抱き寄せたそのとき。

再び、銀色の刀身が天井に向かって高く振り上げられたかと思うと、新三郎の首をめがけて——

＊　＊　＊

「……という夢を、新三郎君は見たそうでございます」

志丈の言葉に、

「はあっ⁉」と、伊助は思わず声を張り上げた。「なんですかそれは⁉」

「いや、なかなか迫真の夢でございましょう。私めも伴蔵から聞いたときには、あまりの恐ろしに腰を抜かしました」

さもおかしそうに笑いながら言う志丈に、伊助はがっくりと肩を落とした。

この男、さっさと薬師など辞めて、講釈師にでもなったほうが良いのではないのだろうか。

そんな言葉が喉まで出かかったが、志丈の機嫌を損ねてしまいでもしたら、それきり新三郎についての話を聞き出すことができなくなってしまう。

だから伊助は、一度はグッと堪《こら》えたものの、

「もしかするとこの話は、最初から最後までずっと、夢の中の出来事でございましたか?」と、訊《たず》ねずにはいられなかった。

すると、その問いかけへの反応は予期しないものだった。

「それが、そうでもないのでございますよ」

志丈は急に真面目な顔付きになる。

「どういうことです？」

「どこまでが夢で、どこからが現《うつつ》か、伴蔵がどんなに訊《き》いても一向にわからなかったというのです。首は確かに繋がっているから、おそらく飯島平左衛門様に討たれたということはないのでしょう。けれども新三郎君は、飯島様にお目に掛かったようでもあるし、ないようでもある。お露殿と新枕を交わしたようでもあるし、交わしてはいないようでもある」

「伴蔵……というお方と一緒に釣りに行って、柳島まで行ったということだけは確かだ、と」

「そうでございましょうな。伴蔵が証人でございますから」

志丈の言葉を聞いて、伊助は唸った。

隠密廻りの仕事をしているときに、蘭方医学の話を聞いたことがある。

なんでも阿蘭陀《オランダ》では、心の病を扱う医学があるらしい。「ぜにゅう」の学といい、後の世で「神経」と呼ばれるようになるものである。人間の心情はその働きによって左右されるものであり、たとえば幻や、幽霊、妖怪《おばけ》の類を見るのも、その「ぜにゅう」に支障があるために起こるのだという。

その話を聞いたとき、伊助はにわかには信じられないような気がした。けれども、萩原新三郎についての話を聞いているうち、もしかすると彼は、何らかの病を患っていたのではないかと思えてくる。そうとでも考えなければ、どうも、新三郎の身の回りで起きたいろいろなことについて、説明が付かないように思えるのだ。

そして志丈は、声を低くして続けた。

「さて、ここからが本題。萩原新三郎君の身に起きた、世にも恐ろしいお咄《はなし》でございます」

その言葉を聞いて、伊助はゴクリと唾を飲み込んだ。

＊　＊　＊

山本志丈からお露が死んだという話を聞かされた萩原新三郎は、お露が死んだというのがよほど衝撃だったのか、あるいは、あまりに人が良すぎるのか。以前にも増して鬱々と、自分の屋敷に引き籠もるようになった。

小さな精霊棚を作る。

戒名はわからなかったので、自分で作った位牌にお露という俗名を書き、それに向かって一日中念仏を唱えている。

それでも伴蔵は毎日昼時になると、新三郎の面倒を見に出かけていった。

妻のお峰《みね》が作った食事を持っていく。するときまって、入口のところに駄賃が置かれている。

伴蔵はその金子《きんす》と引き換えに食事を置いていく。

けれども、夕方になってもう一度様子を見に行ってみると、まったく手を付けていないことがほとんどだった。稀にほんの少し減っていることがあるものの、本当に箸を付けたという程度である。

「萩原の旦那、あまりこうしているとお体に障りますぜ」

伴蔵もさすがに新三郎の身を案じて、声をかけたらしい。伴蔵にとっては、もし新三郎の身に何かがあったとしたら、駄賃がもらえなくなってしまう。生活が成り立たなくなってしまう。そう考えると、伴蔵が心配していたのは、あくまで自分の生活のことだったのかもしれない。

けれども、新三郎はその言葉にまともに応じることもなく、ただ念仏を唱え続けていた。

そんな状態は、およそ二十日間にも及んだ。

その日、伴蔵がいつものように新三郎の屋敷を訪れると、珍しく戸が開け放たれていた。縁側には敷物が敷かれ、蚊遣《かやり》をくゆらせている。白地の浴衣を身にまとい、団扇を揺らしている様子は、ずいぶん窶《やつ》れてしまったとはいえさすがにもともとが色男なだけであって、まるで一幅の画のような雰囲気を漂わせていた。

それもそのはずで、七月十三日——盆の入りである。

お露の新盆を迎えて、少しは気が晴れたのだろうか。

伴蔵は、お峰が拵《こしら》えたお萩《はぎ》に唐茄子《とうなす》の煮付け、冬瓜汁《とうがんじる》、茄子の味噌和えと、盆の食事を差し出す。すると新三郎が巾着から取り出した駄賃は、五十文もあった。いつもは一日二十五文だから、その倍だった。

「こんなに頂いていいんですかい？」

伴蔵は、目を丸くした。

「構いませんよ。いつも世話になっているから、その御礼です」

新三郎は、何事もないように答えた。

「……そういえば、前から気になっていたんですが」

「何でしょう？」

「こうして一日籠もっていても、金っていうのは入ってくるもんなんですかね？」

それは、伴蔵がそれまでずっと気になっていて、訊けずにいたことだった。駄賃をもらってその日暮らしの生活をしている伴蔵にとっては、店賃《たなちん》だけで活計《くらし》を立てるという発想が、頭の中になかったのだろう。

「普通の家持《いえもち》は、別に誰かを雇って大家さんをお願いするんですがね。僕の場合はこんな浪人の身なので、自分で大家もやっているだけ、店子の皆さんのお金をそのまま頂けるんですよ。それに、お金を貸したとして僕が取り立てに伺っても返していただける気はしないけれど、誰か屈強そうな人にお願いすれば返してもらえるでしょう？」

「するってえと、金貸しもなさっていると……」

「伴蔵さんにはそういえば、貸したことがなかったですかね。日銭を貸すくらいなので、それほど多くはないのだけれど」

「あっしは貧乏をしても、借りた金よりも多く返すっていうのが嫌な質《たち》なもんで……」

「それは、良いことですよ。もしかしたら、商売人に向いているのかもしれない」

「向いてますかね？」

「どうだい？　少しで良ければ元手を貸すから、商売を始めてみるっていうのは」

新三郎はこの日、いつになく冗舌だった。

まるでどこかの店の若旦那か何かのように、自分の活計《くらし》のことを、伴蔵に向かって話した。

ひと通り話を終えると、最後に新三郎は言った。

「けれども、こうしてほとんど何もしないでお足を頂いているというのは、なんだか悪いことをしているような気がしますね」

「……はあ」

「だってそうでしょう？　世の人は皆、額に汗して働いて金子を手に入れているのに。私はこうして、日がな一日屋敷の中に籠もっていても、暮らしを立てていくことができてしまうんですから。今に、罰《ばち》が当たるかもしれない」

「つまり、萩原様は、悪いことをしていると……？」

「どうだろうね」新三郎は伴蔵の言葉に、困ったように笑って続けた。「お上に捕まるようなことはしていないよ。けれども、何が善で何が悪かという考えは、人によって違っているからね。もしかしたら、私のことを悪だと思う人もいるかもしれない」

新三郎の言葉を、伴蔵はずっとよくわからないといった様子で聞いていた。

けれども、新三郎が最後まで言い終えたところで、急に伴蔵の様子が変わった。新三郎のことを睨《ね》め付けるように見上げ、ドスの利いた地を這《は》うような低い声で、ゆっくりと声を出した。

「……確かに、萩原様の何もしてねえってことは、いくらか悪いことかもしれねえ。けれども俺は、萩原様のことは、悪いとは思わねえな。俺なんて今まで、もっと悪いことをいくらでも重ねてきた人間ですから。萩原様のように人の良いお方は、俺が今までやってきたことを耳にしたら、卒倒するかもしれねえ」

伴蔵の変わり様に驚いたのか、新三郎はしばらく言葉を失っていた。それでも、しばらくして気を取り直したように、再び困ったような笑みを浮かべた。

「お互いに悪い者同士だね。それなら、僕と伴蔵に何か悪いことがあったとしても、それは因縁というものかもしれない。勇斎《ゆうさい》先生も、世の中のあらゆることは因縁で決まっていると仰っていたしね」

今度は、困ったのは伴蔵のほうだった。彼にはどうあっても、この因縁というものがわからなかったのだ。

それは、伴蔵が寺子屋に通ったことすらもなく、無筆で、学がなかったということが原因ではなかったのかもしれない。伴蔵はどこか根源的なところで、人の世の習わしや、決まりごとや、何をして良くて何をしてはいけないのかということについて、どこか無頓着なところがあった。

最後に、伴蔵は声を潜めるようにして言った。

「それじゃあ萩原様は、俺があんたになにか悪いことをしても、仕方のないこととしてお許しくださるってことでよろしいですかね？」

その伴蔵の言葉に、新三郎はゴクリと息を飲んだという。


新三郎が奇妙な音を耳にしたのは、その日の夜――ちょうど、草木も眠る丑《うし》三つ時頃のことだった。

伴蔵が帰った後、日が暮れてもなかなか寝付くことのできなかった新三郎は、縁側に座ったままぼんやりと空を眺めていた。

盆の入りだ。七月十三日。

満月を前に月がだいぶ丸くなっている。

青白く冷たい光が辺りを照らし出している。

風が吹いて、煽《あお》られた草木がざわざわとさざめき始める。

水瓶に貯《た》めた水が、まるでその上を何か通り過ぎでもしたかのように大きな波を立てている。

すると、夏の暑い盛りなのに、空気がどこか引き締まったような、冷たいような感じがした。

それは決して、本当に寒いわけではない。五感のさらに奥底にある人間の本性とでも呼ぶべきものによって、どこか寒さのようなものとして感じられたのだった。

新三郎はいつの間にか、座ったままうつらうつらと浅い眠りに引き込まれていた。

けれども、急にハッと両眼を開いて、左、右と、素早く視線を動かした。

庭に、人の気配がする。

……もちろん、そこには誰もいない。

この屋敷に、他の者がいるはずはないのだ。それなのに、人影もない庭の隅に、人の気配だけが、ぼんやりと感じられるような気がする。

新三郎は大きく息を吐いて、息を殺した。

刀を抜いた相手と対面でもしたかのように、全身に緊張感が走った。

肩に力が入る。

背中に、いやな汗が流れる。

心の臓が高鳴って、胸騒ぎがする。

どこか、胸が苦しいような感覚がある。

やがて――

ほんの一瞬のことだったが、目の前がすうっと暗くなった気がした。

気を失ってしまわないように、強く息を吸い込んだ。

すると、ようやく少しだけ落ち着いてきた。

——気のせいだ。

きっとここ二か月ほどずっと屋敷の中に籠もっていたから、体というよりも心が、疲れ切っているのだろう。

そろそろ少し外でも歩いて、気晴らしをしたほうが良いかもしれない。ずっとこうして念仏を唱えていても、お露が戻ってくるわけでもない。そう思った。

そのとき——

……………カラン…………コロン……カラン……コロン

どこからか、音が響いてきた。

……何の音だろう。

その音は初め、ずいぶん遠くから響いてきた。それが、新三郎の屋敷のほうへ向かって近づいてくる。

そこで新三郎はようやく、下駄の歯が地面を叩《たた》く音だと気が付いた。

……カラン……コロン……カラン……コロン

しだいに音は大きくなっていく。

そして、ちょうど新三郎の屋敷の周囲を取り巻くように生えている生垣《いけがき》のところで、不意にピタリと、音は止まった。

新三郎は目を凝らして、じっと音の聞こえたほうに視線を送った。

ぼんやりと、暖色のあかりが周囲を照らしている。

その光に姿を浮かび上がらせているのは、二人の女だった。

前を歩いている女は小柄だ。三十歳を少し過ぎたくらいだろうか。大きな丸髷《まるまげ》を結って、人柄の良さそうな顔立ちをしている。縮緬《ちりめん》細工で作った牡丹の花が付いた灯籠を手にしており、その灯《ひ》が二人を灯《とも》しているのだと、新三郎は気が付いた。

そしてもう一人は、十七、八と思われる若い娘だ。

島田髷《しまだまげ》の根元を高く巻き上げた髪型――いわゆる文金高島田《ぶんきんたかしまだ》である。緋色《ひいろ》の縮緬で作った長襦袢に秋草色に染めた振り袖を重ね、帯をしどけなく締めている。上方風に柄を塗った団扇で自身を煽ぎながら、ゆっくりと歩いている。

その姿、顔立ちに、新三郎は見覚えがあった。

「お露さん……ですか？」

その声は呟くように、ぼそりと漏れ出たものである。

けれども、前《さき》を歩く小柄な女にはそれが届いたようで、

「あら……萩原様」と言って微かに笑い、深々と首を垂れた。

「お米さん、どうして……」

「本当に、不思議なことですわね。萩原様は、お亡くなりになられたと承りましたが」

「……僕が？」

新三郎は眉を顰《ひそ》めた。お米が何を言っているのか、その場で理解することができなかった。

「ええ。先《せん》だって志丈さんが私どもの屋敷に参りまして、萩原様が亡くなられたと仰っていったのです」

「僕は逆に志丈さんから、お露さんとお米さんが亡くなられたと伺いましたが……」

「いつのことです？」

「あれは……確か、六月二十三日のことだったと思います」

「こちらにいらしたのは、それよりだいぶ前のことでした」

お米はなぜかおかしそうに笑って、続ける。

「きっと、お嬢様が萩原様のことを想《おも》って鬱《ふさ》ぎ込んでおられたので、御父上がお気付きになられたと思ったのでしょう。萩原様とお嬢様とを引き合わせたのは志丈さんですから、そのことで御父上に咎められることがないように、お二人を引き離そうとしたのかもしれません。萩原様と私どもの両方に、相手が亡くなったと伝えれば、会おうという気にならないでしょうから」

「……なるほど」

お米の言葉に、新三郎は唸《うな》った。

確かに自分は志丈からお露とお米が亡くなったという話を聞かされただけで、柳島の屋敷を訪れて、自分の目で確かめたわけではないのだ。

「もしかすると、御父上が気づかれていたのかもしれません。お嬢様の御実家には、お国という悪い妾《めかけ》がおりまして、お嬢様のことをたいそうお嫌いなさっておりますので……お嬢様に良い方ができたことを妬んで、志丈さんをそのようにけしかけたということもあり得るかと」

「それはまた、ずいぶんとひどい方がいたものですね」

「ええ。人の執念、嫉視《しっし》というのは、何より恐ろしいものでございますね。大方お国という女は、お嬢様があまりにお綺麗《きれい》なので、そういう心を持ってしまわれたのでしょう」

後になって思えば、このときのお米にはどこか違和感があったのかもしれない。

確かにお米は、新三郎が柳島の屋敷を志丈と二人で訪ねたときにも、とてもよく喋《しゃべ》る女だった。それでも人としては善良そうで、いくらそのお国という飯島平左衛門の妾がお露のことを嫌っていたとしても、こうして人知れぬところで他人のことを悪し様に言うような質の女ではなかったのだ。

けれども、お米はなおも、まるで何か悪さをした子どもが言い訳でも重ねるように、言葉を継いだ。

「萩原様が亡くなられたという話をお聞きになってからというもの、お嬢様は毎日のようにずっと念仏を唱えていらっしゃいますよ。先日など、お嬢様に婿《むこ》を取れと御父上が仰られるものですから、お嬢様とたいそうお揉《も》めになられて。それで、父に刃向かう娘など柳島の別邸においてはおけないと、谷中《やなか》の三崎《さんさき》のあばら屋に私どもは移されましたから、私が内職をしてなんとか暮らしを立てております」

「三崎というと、新幡随院《しんばんずいいん》の辺りでしょうか」

新幡随院と聞くと、お米は眉を開いた。

「そうでございます。萩原様もご存じでしたか」と、急に明るい、どこか弾んだような声で言った。

「良石和尚《りょうせきおしょう》には、何かとお世話になっています」

「……あら、そうでしたか」

「そうそう、良石和尚と言えば。私の孫店に住んでいる白翁堂《はくおうどう》勇齋という人相見と、伴蔵という男が、あれこれとうるさいのです。表から入って、こうしてあなたやお露さんと話をしているところを見られでもしたら、何を言われるかわかったものじゃない。すみませんが……裏のほうからお入り頂けますか」

「お嬢様を今晩、こちらにお泊め申してもよろしいのでございますか？」

「もちろんです。どうぞ、こちらへ」

そう言って新三郎は、お露とお米とを自身の屋敷に招き入れた。

それから七月十九日までの七日間、新三郎は屋敷の中に籠もって、一歩も外に出なかったという。

いつもであれば、昼間は玄関が開いていて、伴蔵が出入りできるようになっていた。けれどもこの七日間はすっかり閉ざしてしまっており、中に入ることさえできなかった。

十二日の朝はずいぶんすっきりした様子だったから、翌日から、どこかへ出かけでもして宿で過ごしているのではないだろうか。毎日の食事を運んでいた伴蔵は、屋敷が閉ざされていたことから、はじめのうちはそう思っていた。

けれども、四日目の十六日の晩のことだ。

夜中に自分の家でふと、夜の暗がりの中、どこからか女の囁《ささや》くような声が響くのを聞いた。

「おい……なにか、変な声がしないか」

伴蔵に話し掛けられて、妻のお峰も耳を澄ました。

「いえ、何も聞こえやしませんが」

「そうかい?」

……そうして再び伴蔵が耳をそばだてると、いつの間にか声が止んでいる。

家の近くを、女が漫《すず》ろ歩きでもしているのだろうか。あるいは風の音が、人の話し声にでも聞こえたのだろうか。

そう思って、伴蔵は気に留めなかった。

けれども、翌日、翌々日と、女の囁く声はどこからともなく響いてくる。

しかも、十八日の晩にはお峰までもが、

「誰だろう……こんな夜中に。女二人で話をしているなんて」と、とうとう声が聞こえるようになったらしい。

その声は時を経るごとにしだいに大きさを増し、まるで耳元でずっと何かを言われ続けているかのように、ずっと伴蔵の頭に響いていた。

意識をしてその声を聴かないようにすればするほど、かえってその声は気にかかる。

それなのに、何を言っているのかはっきりとは聴き取れない。

伴蔵はとうとう恐ろしくなって、もしかすると自分の気が狂いだしたのではないかと思い始めた。

結局その日、伴蔵は一睡もできないまま、眠れない夜を過ごした。

翌晩。

また囁き声がどこからか響き始めたときに、今度はお峰が、奇妙なことを口に出したのだという。

「……この声、女二人でなく、男が一人混ざっていやしないかい?」

「二人?」

伴蔵は、眉を顰めて訊ねた。

「ええ、女と男の二人で、囁き合っているように聞こえるんだよ。か細い声だから、最初は女だろうと思ったんだけれど……よく聞いてみると、一人は男で間違いないね」

伴蔵は聞こえてくる声に耳を向けた。

そう言われてみると確かに、夜の営みをする男女が、互いに囁き合っているように聞こえなくもない。

「もしかして、萩原様じゃないかい？」と、お峰は言った。

「いや……萩原様は十三日から、留守だと思ったが」

「別に、お前さん自身で確かめたわけじゃないんだろ？」

「ああ、そうだけれど。桟《さん》が下りていて……」

「ほら、萩原の旦那って、とても人が良いじゃないか。だから、悪い女にでも騙《だま》されて、ずっとその相手でもしているのかもしれないよ」

お峰の言葉に、伴蔵はじっと考え込んだ。

確かに、聞こえてくる声を新三郎のものだと思ってみれば、そのように聞こえなくもないのだ。そう思うと、急に、昨日まで感じていた空恐ろしさが、すうっと冷めていくような気がした。

「……俺、ちょっと様子を見てくる」

お峰にそう言い残し、伴蔵はそっと、忍ぶようにして家を出た。

新三郎の屋敷に近づく。

確かにお峰の言うとおり、声はその屋敷のほうから響いてくるような気がする。

しかも、一歩、また一歩と屋敷に近づくにつれて、話の中身が聴き取れるように思えるほどはっきりしてくる。それは確かに、恋仲にある若い男と女とが囁き合っているものだった。

こうした色恋の機微は、さすがに女のお峰のほうが、伴蔵よりも敏感に察知したようだ。

人の恋路を邪魔したとなれば、やはりそれは野暮というもの。

伴蔵はホッとして踵《きびす》を返し、自分の家に戻ろうとした。

その時——足元で、パキッという、乾いた音がした。

どうやら、小枝を踏んだらしい。

するとその直後、ピタリと、声が止まった。

様子を見に来たことを、気付かれただろうか。

伴蔵は、ゴクリと息を飲んだ。

なんてことはない。ふだんから毎日、新三郎のところに食事を運んでいるのだ。ここ数日それができなかったけれど、声が聞こえたような気がしたから様子を見にきた。

新三郎に咎められたら、そう答えれば良い。

内心で、伴蔵はそのことを理解していた。

けれどもどういうわけか、落ち着かない。

何か悪いことをしているような、どこか足を踏み入れてはいけない場所に入り込んでしまったかのような、不思議な感覚がある。

息を殺し、目だけを動かして、左右を見渡した。

新三郎の屋敷は、まるで中に誰もいないかのようにひっそりとしていた。

このまま、自分の家に帰ってしまえばいいのだ。そして、明日の朝、また何事もなかったかのように食事を運び、駄賃をもらえれば良い。

……けれども、伴蔵にはそれができなかった。

踵を返す。

屋敷に近づく。

確か、新三郎が寝起きしている部屋の雨戸には、指一本がなんとか通せるくらいの小さな穴が開いていた。まだ塞がずにそのままにしてあれば、中を覗き見ることができるはずだ。

伴蔵はそろりそろりと、足を忍ばせた。

屋敷の正面から脇へ回る。

庭に生えた草が伸び放題になっているので、少しでも油断すると、ガサガサと音を立ててしまう。そうならないよう、ふくら脛《はぎ》や踝《くるぶし》に草が擦《こす》れ、虫が周囲を飛び交うのを気にせず、伴蔵は慎重に歩を進めた。

すると再び、屋敷の中からぼそぼそと、囁き合うような声が聞こえてくる。

今度はどうあっても、新三郎のものとは思えなかった。やはり、女二人が話しているように思える。

……もしかすると、新三郎が留守なのを良いことに、無宿の女二人が屋敷の中に入り込んで、棲《す》み着きでもしたのだろうか。

伴蔵は首を傾げて、ようやく件《くだん》の穴が開いている雨戸の傍らに辿り着いた。

そして、戸に手や顔が直接触れることがないように、もう一度、耳をそばだてる。

すると今度は、男女がぼそぼそと、小さな声で会話をする声が聞こえてきた。

「……新三郎様。私がもし父上に勘当されましたときは、お宅に引き取って頂けますか？」

「ええ、もちろん。引き取りますとも。貴方が勘当されてしまったほうが、生木を割かれるようなことがなければ、かえって気遣いがありません。僕はそのほうが幸せですよ」

「……ああ、なんて嬉しいこと。私は、貴方以外には、夫となる人はないと存じておりますから。たとえこのことが父上に知られてお手打ちになるようなことがあったとしても、私は新三郎様のことをお慕い申しておりますよ」

女がそう言うと、すうっと、衣擦れの音が響いてくる。

女が男に吹きかける、甘い吐息が混ざっている。

伴蔵はたまらず、雨戸に開いた小さな穴に目を近づけた。

中にいたのは、新三郎と一人の女。

けれどもその女は、人間の姿をしていなかった。

骨と皮ばかりの痩せた姿。髪は島田に結ってはいるものの、鬢《びん》の毛は解《ほつ》れて下にさがっている。

真っ青な顔はすっかり痩《こ》けて、ところどころ肉が削《そ》げ落ち、肌の下にある髑髏《どくろ》が露《あら》わになっている。

着崩した着物に目を向けると、緋色の長襦袢を一枚羽織っているだけなのだが、裾から下にあるべきものがなかった。

……脚が、ないのだ。

やがて女は、骨と皮ばかりの手で新三郎の首に齧《かじ》り付く。

新三郎は嬉《うれ》しそうな顔をして、女の懐に手を差し入れた。

その新三郎も、まるで幽霊にでもなったかのように、すっかり骨と皮ばかりだった。

「ひぃぃぃぃぃぃっっっ！」

伴蔵は思わず声をあげ、尻餅をついた。

その瞬間、新三郎と女――お露の双眸《そうぼう》が、同時にギロリと伴蔵に向けられる。

「ば……ば、化け物だーっ！」

叫び声をあげながら、伴蔵は真っ青になり、夢中で逃げ出した。

叢《くさむら》を抜け、屋敷の入口を通り過ぎる。

すっかり正気を失って、自分の家に戻ることもしないで、そのまま新三郎の屋敷からいちばん近いところに建っている白翁堂勇齋の家に駆け込もうとした。

けれども、足元から総毛立ち、体がガクガクと震えている。扉を叩こうにも、体が思うように動かない。

そのまま、また叫び出しそうになったのを堪《こら》えて再び走り出すと、今度は自分の家に駆け込んだ。そして、妻のお峰に話し掛けることもしないまま、掻巻《かいまき》を頭から被って震えていたのだという。

三　伴蔵《ともぞう》の住居《すまい》

翌朝。

伴蔵は真っ青な顔をして、勇齋《ゆうさい》の家を訪れた。

「すいません……相すいません」

ドンドンドンドンドンと激しく扉が叩《たた》かれる。

前の晩、客に呼ばれて遅くまで人相見をしていた勇齋は、なかなか起き上がることができなかった。けれども、あまりに音が喧《けたたま》しいので、やっとのことで床から抜け出ると、

「誰だい、こんな朝早くに」と、扉越しに声をかけた。

「俺です……伴蔵で」

「ああ、なんだ。伴蔵か」

「ちょっと、開けてもらえませんか？」

「わかった、わかった。お前にしては、ずいぶんと早起きだな」

言いながら、勇齋は掛金《かけがね》を外した。

扉を開き、まだ薄暗い朝の陽光に照らされた伴蔵を見るなり、

「どうしたんだ、伴蔵。ずいぶんと疲れているようだが」と、目を見開いた。

ほとんど眠っていないのだろうか。伴蔵の目の下は、隈《くま》で青黒く滲《にじ》んでいた。

「いや、あっしのことより……萩原《はぎわら》様がたいへんなんです」

「萩原殿がどうかしたか？」

「どうしたの何のという騒ぎじゃございやせん。毎晩、女が泊まりに来るんでして」

早口にまくし立てる伴蔵とは裏腹に、勇齋はこだわらない様子で大きな声で笑った。

「若い男が独り身で住んでいる屋敷だ。そりゃあ、若い女の一人や二人くらい、泊まりに来ることもあるだろうよ」

「いや、それが……」

伴蔵は、周囲に誰かがいるわけでもないのに、気兼ねするようにして左右に視線を送った。

やがて、勇齋に顔を近づけると、声を潜めて続けた。

「萩原様の屋敷から女の声が漏れてくるので、ちょいと覗《のぞ》いてみたんですが……」

そして、伴蔵は勇齋に、新三郎《しんざぶろう》の屋敷の中の様子を事細かに話して聞かせた。

髪を島田《しまだ》に結った骨と皮ばかりの女が、真っ青な顔で、新三郎の首に齧《かじ》り付いていた。その女は、まるで絵に描かれた幽霊のように腰から下がなく、あまりの恐ろしさに歯の根も合わなくなった伴蔵は、慌てて逃げ帰ってきたのだという。

「……それは本当か？」

勇齋は急に真面目な顔付きになった。腕組みをして大きく息を吐くと、じっと目を凝らして伴蔵を見遣《みや》った。

「嘘《うそ》なんか言ったって、仕方がねえ。もし、嘘だと思うようなら、どうか今晩、萩原様のお屋敷に行ってご覧くだせえ」

「いや、それは……」

伴蔵の言葉に、勇齋は口ごもった。

人相見を生業《なりわい》にしている勇齋はときおり、信じられないようなことに出くわすことがある。前の日までは何ひとつおかしなところのない頑健な男に、きっと七十、八十歳まで生きていられることだろうと占ったところ、数日後に何の前ぶれもなく急な病で死んでしまうようなことがある。そうかと思えば、ほんのあと数日で命を落とすだろうと思えるような青白い顔をした人間が、急に元気を取り戻して、当たり前のように働き始めることもある。

人の生死に関することは、何が起こるかわからない。思いも寄らないようなことが、いくらでも起こる。そう思うと勇齋は、とうてい人の及ばぬような力が、どこかで働いているような気がしてならなかった。

「それにしても、幽霊と逢《あ》い引きなど……小説にそういうことが書かれることはあったとしても、現世《うつしよ》で起こるなど、とうてい信じられぬ」

勇齋は冷静さを装って言ったものの、内心では、幽霊などはあってほしくないという願望が少なからず含まれていた。

「だから、嘘だと思うんでしたら、行ってみるがいいでしょう」

追い詰めるように、伴蔵は厳しい口調で言った。

「もう、夜も明けたからな。幽霊などの類は出てこないだろうよ」

「では、明日の夜からも幽霊が出るようでしたら、萩原様はどうなりますんで？」

「それは……死ぬだろうな。だが、人というのは必ずいつか死ぬものだ。生きているうちは、人間は陽気に清く、正しく。けれども死に近づくときは、どうしても陰気になり、邪《よこしま》に穢《けが》れる。だからこそ、幽霊と契《ちぎり》を結ぶようなことがあったとすれば、たとえ百年の寿命を持った人間であったとしても、すぐに陰の気に覆われて精血《せいけつ》を減らし、必ず死に近づき、周りを巻き込むだろう」

勇齋の言葉は、立て板に水だった。

けれどももはや彼の心は、新三郎にできることなら近づきたくないという思いが勝っていた。

伴蔵に向かって放ったのは、ふだん人相を見るときに口にしている決まり切った言葉を、ほとんど器械のように繰り返しているばかりだった。

「そんなら……アンタは、萩原様を見殺しにするというんで？」

「伴蔵、お主が萩原殿の世話をしてさしあげれば良いではないか」

「萩原様は、アンタにとっても恩人じゃなかったんですかい？」

「ああ、確かに……萩原の家には、新三郎殿の父上であられた新左衛門《しんざえもん》殿の代よりお世話になり、懇意にしておる。父上の亡くなられた折には、新三郎のことをよろしく頼むと言われたのだが……」

「あっしも、萩原様の身に何か起きたら困るんです。食事を運んで、洗濯をして、小遣いをもらわなければ、生きていくための金子《きんす》も入らなくなるんで」

「うむ……」

伴蔵にそう言われて、勇齋はじっと考え込んだ。

彼自身は、伴蔵のように活計《くらし》を新三郎に依存しているわけではない。けれども、父の代から懇意にしてきたことで店賃《たなちん》を安くしてもらっているので、もし新三郎の身に何かが起これぱこの店もどうなるかわかったものではなく、それなりの損害を受けるかもしれない。

それに、ここで新三郎を見殺しにしたとなれば、悪しき因縁で結ばれてしまう。

因縁は必ず、今生《こんじょう》だけでなく、来世、さらにはその次の世の自分にも影響を及ぼす。

勇齋はいつもこの言葉を、人相見の仕事をしていく上で、ほとんど形式的に客に伝えているつもりだった。彼自身はもともと、人間の運命が因縁ですべて結ばれており、それによって人生が決まるなど、信じてはいなかったのだ。

しかし、毎日のように客にそう言い聞かせているうち、だんだんと、もしかしたら自分が発している言葉は本当かもしれないと思うようになった。

この世はとかく、不条理だ。だからこそ世の中を生きていく上では、因縁ということで説明でもしなければ、道理に合わないことが多すぎる。だとすれば、人相見たちのあいだでごく当たり前のように言われている言葉は、もしかしたら本当に現世の本当の姿を切り取っているのではないだろうか。

そう思えば、輪廻《りんね》転生《てんしょう》のときにまで及ぶような因縁になる行いは、できる限り避けるに越したことはない。

「わかった。とにかく、今回の萩原殿のことについては、世間に知られてはならんぞ」

勇齋は伴蔵に向かってもっともらしくそう言うと、重い腰をようやく上げた。


外に出てみると、夜はもうすっかり明けていた。

これなら、幽霊などが出ることももうなさそうだ。

とたんに勇齋は強気になり、藜《あかざ》で作った杖《つえ》を突いて伴蔵を引き連れ、新三郎の家に向かった。

「萩原殿、萩原殿！」

けたたましく扉《と》を叩くと、伴蔵が食事を運ぼうとしていたときとは打って変わり、新三郎はすぐに顔を出した。

「どうされました……勇齋殿。朝から、たいへんな騒ぎでございますね」

新三郎の容貌を見て、勇齋は内心で仰天していた。

ここしばらく姿を見ていないうちに、新三郎はまるで別人のように変わってしまっていた。痩せて頬は痩《こ》け、皮膚はすっかり土気色《つちけいろ》になっている。まるで骨と皮ばかりになった亡者が、歩いているように見える。

その瞬間、勇齋にはさっき伴蔵が言っていた、新三郎の家に幽霊の女が通ってきているという話が、急に本当であるように思えてきた。そうでもなければ、これほどまでに急激に人間の姿が変わるというのは、どうあっても説明が付かない。

近寄るだけで何やら陰気がこちらに移ってくるように思えた勇齋は、新三郎と心持ち距離を取ったまま、

「朝早くから……そう、この話は萩原殿と、この時分にしておいたほうが良いのだ」と、自分自身を納得させるように、二度、三度と頷《うなず》いて続ける。

「少々、人相を見せていただけぬだろうか？　……いやもちろん、お父上の代より世話になっておる萩原殿のこと、お代などは頂戴しませぬゆえ」

「人相見の押し売りですか……これはどうも、珍しいですね」

新三郎は力なく笑って、前のほうに顔を押し出した。

天眼鏡を取り出し、勇齋はじっと新三郎の顔を見る。

やがてもっともらしく眉を顰《ひそ》め、小さく唸《うな》る。

……おかしい。

勇斎は声を出さないようにして、心の裡《うち》でしきりに首を捻《ひね》っていた。

たしかに、死相は出ている気がするのだ。これまで五十年にもわたって人相を見てきたが、死を目前にした人間は、たしかに同じような顔をしていた。

ただ、変わらないのだ。

普通に死に行く人間の死相と、何ら変わるところがない。

幽霊に取り憑かれて死ぬという人間に、勇斎は出会ったことがなかった。だからこそ伴蔵の話を聞いて、あるいは新三郎の相は、今までに見たこともないようなものなのではないかと思っていた。

それなのに新三郎は、あまりにも当たり前の相をしている。

勇斎は軽く唇を噛《か》みしめ、肩を上下させて深く呼吸をした。

やがて、気を取り直したように一度小さく頷くと、声を低くして、ゆっくりと声を出した。

「萩原殿……お主には、あと二十日を待たずして必ずや死ぬという相が出ておる」

「はあ……私が死にますか」

新三郎はよくわからないといった様子で、ぼんやりと声を出した。

「ああ、死にまする。この世にはなかなか不思議な因縁というものがあるもので、これは人の力ではどうしようもないものなのだ」

「うーん……それはちょっと、困ったことですねえ。しかし、勇斎殿は人相見の名人と承っております。陰徳を行って寿命を延ばした者もあるという話も昔から伝わっておりますし——なんとか死なないでいる方法はありませんか？」

「なに、簡単なこと。毎夜毎夜、萩原殿のところにやってくる女を、遠ざけてさえいれば良い」

「えっ……女？」

「そう。萩原殿のもとに、妖しげな女が入っていくのを見たという者がおる。逢い引きしたのは、昨晩でもう七日目にもなるであろう？　その女さえ遠ざけておけば、きっと萩原殿は天寿を全うできるであろう」

「心当たりは……ないですね」

「萩原殿、隠し事は感心しませぬな」

「いえ、本当に知らないのです」

新三郎は平然と、当たり前のように言ってのけた。

……もしかすると、新三郎はお露《つゆ》に会っていることを、夢か何かのように思っているのだろうか。

勇齋は裾の中に手をねじ込むようにして腕を組み、そんなことを考えた。

幽霊とは、彼岸と此岸《しがん》との境目に在《あ》るモノ。だとすれば、幽霊に会っているときは、夢と現《うつつ》との境目にいるということもあるのかもしれない。

しかし……と、勇齋は考え込んだ。

このまま新三郎に死なれてしまっては、この件に関わってしまった自分の身にも、何か良からぬことが起こらぬとも限らない。ただでさえ萩原の家とは因縁で結ばれているのだから、こうして事件に首を突っ込んでしまった以上、なんとかして新三郎を救わねばならない。

結局、勇齋が考えていたのはどこまでも、どうにかして自分の身に災いが降りかかってこないようにしたいという欲望だった。

「そうだ！」

勇齋はいきなり、大きな声をあげた。

「どうされました？」

新三郎は不意のことにビクリと肩を震わせてから、おずおずと訊《たず》ねる。

「これから三崎《さんさき》へ参って、御相談申し上げよう」

「なるほど、新幡随院《しんばんずいいん》ですか」

「そう。良石和尚《りょうせきおしょう》は徳の高いお方だ。何か、力を貸してくれるかもしれぬ」

勇齋はそう言って、後ろのほうでじっと黙っていた伴蔵のほうを向いた。そして、

「伴蔵……すまぬが、駕籠《かご》を呼んできてくれぬか。近頃、萩原殿はあまり外に出ていないと見える。急にお天道様の下を歩くとこの時分は陽気に当てられてしまうから、お体を運んでもらったほうがきっとよろしかろう」

そう言って、勇齋と伴蔵とは、新幡随院に向かう新三郎に同行することとなった。

三人は駕籠に揺られて、根津《ねづ》から谷中《やなか》へと向かった。そのあいだ、勇齋はついチラチラと、新三郎の顔を盗むようにして見た。

久しぶりの外出のためか、新三郎の顔はどこか晴れやかでいる。してみると、まるで死相がどこかへ飛んでいってしまったかのように思える。

もしかしたら、このまま良石和尚の力で、彼を救うことができるかもしれない。

勇齋はそう思いながらも、ずっと新三郎に取り憑いているという幽霊のことが気に掛かっていた。

新幡随院に近づくと、新三郎は急にそわそわし始めた。

勇齋は、どうして彼がこうした素振りを見せているのか理解できずにいた。けれども、新幡随院の門に差しかかったところで、

「お露という娘は、たしかに死んだのですよね。ちょっと、墓地のほうに行きやしませんか?」

と、伴蔵が口にしたので、勇齋はようやくその理由がわかった。

飯島《いいじま》の娘お露は新三郎に恋するあまりに焦がれ死にをした後、この新幡随院にある墓に葬られたのだという。山本志丈《やまもとしじょう》からそうした話は聞いていたものの、勇齋や伴蔵はもちろん、新三郎もまだその墓を確かめてはいなかったのだ。

「なるほど、お露殿の墓所か。盂蘭盆《うらぼん》も過ぎてしまったが、萩原殿が墓参いたせば、お露殿も

喜ばれるであろうな」

勇齋はそう言いながら、内心ではこれでお露の霊が慰められ、新三郎が生き存《なが》えることばかりを望んでいた。墓参で事が片付くのであれば、これほど簡単なことはない。

三人は門から入ると、本堂には入らずに脇へ逸れた。

壁沿いに進んでいくとすぐ傍らが墓所になっており、ずらりと木でできた角塔婆《かくとうば》が並んでいる。

ちょうど本堂の裏手が、比較的最近葬られた者の墓らしい。

そこに差しかかったとき、

「あーっ！」と、伴蔵が急に大きな声をあげた。

「……どうした、伴蔵？」

勇齋と新三郎が不思議そうに視線を送ると、伴蔵はガタガタと震えている。顔を青くして、その場に立っていることもできないらしく、尻から地面にへたりこんでしまう。

「……これ、これだ………昨日、俺が見た牡丹灯籠は」

伴蔵が指でさしたその先には、真新しい角塔婆が二つ並んで建っていた。その前に、牡丹の花が飾られた灯籠がさがっている。明け方にざあっと降った雨に濡《ぬ》れて、花弁の先からぽたり、雫《しずく》が落ちている。

「これが、あの女が持っていた灯籠に違《ちげ》えねえ。こいつを持って萩原様のところにやってきたんだ」

勇齋は、じっとその牡丹灯籠を見据えた。

確かに柄のところだけ、雨があまり当たっていないように見える。

もしずっとここに置かれていたならば、どこも同じように雫に濡れているはずなのだ。

明らかに誰かが、この提灯をつい先ほどまで持ち出していた。

そして伴蔵が話したことが確かならば、この牡丹灯籠を持ち出したのは、お露を連れて新三郎の屋敷を訪れたお米《よね》の幽霊である。

そのまま、チラリと盗むようにして新三郎を見た。

新三郎はぼんやりと、その場に立ち尽くしている。

そのままひと言も口に出さず、ふらふらと、まるで亡霊が街を彷徨《さまよ》うかのように歩き始めた。

向かったのは、本堂だった。浄土《じょうど》宗の寺だから、ちょうど朝のお勤めが済んだところだ。

良石和尚の姿はなかったが、修行中らしい若い僧が竹箒《たけぼうき》で辺りを掃いている。

新三郎はその若い僧に縋《すが》りつき、絞り出すように声をあげた。

「あそこの本堂の後ろに牡丹灯籠を手向けてある新しい墓は、どなたのお墓でございますか?」

若い僧は、新三郎の振る舞いに驚いたらしく、目を開いてたじろいが、すぐに気を取り直して一つ咳払《せきばら》いすると、おもむろに口を開いた。

「あれは、牛込《うしごめ》にお住まいの旗本、飯島平左衛門《へいざえもん》様の御息女で、先だって亡くなられましたお露様の墓標でございます。隣にあるのが、看病疲れで後を追うようにして亡くなられたお米という女中の方の墓で……。もともとは飯島様の菩提寺である法住寺《ほうじょうじ》に葬られるはずだったのですが、どうしても飯島様がそれはまかりならんということで、末寺である当院に葬られました」

「そうですか……」

「つ、つまり……あそこから幽霊が」

後ろのほうで控えていた伴蔵が、おずおずと声をあげた。

若い僧は、口をぽかんと開いたままその場に立ち尽くして、

「はあ……なんのことでしょう？」と、伴蔵が何を言っているのか、よくわからないといったふうでいる。

「萩原殿、すぐに良石和尚にお目に掛かろう！」

勇齋は急に、新三郎に迫った。

「は、はあ……」

「占いでは、幽霊への対処はできぬ。だが、新幡随院の和尚はなかなかに徳の高いお方。念仏修行の行者として私も懇意にしておる。わけを話して頼めば、きっと力を貸してくださるはずだ」

勇齋は新三郎の返事さえも聞かないうちに、引きずるようにして本堂の中へと連れ込んだ。

本堂に入った瞬間、急にひんやりとした空気が新三郎たちの肌に触れた。まるで俗世から尊い異界に入り込んだように思える。

三人はしばらくここで待っているように言われ、床に腰を下ろした。

見上げると、襖《ふすま》の上にある欄間に、みごとな絵がはめ込まれている。

それをみつけた伴蔵が、

「見事なもんですな。ああいうものは、どれくらいの値で取引されるんでしょうな」と、興味深そうに勇齋に訊ねている。

やがて、その襖がすうっと静かに開いた。

向こう側から姿を現したのは、白衣《はくえ》の上に茶色の衣を重ねた、歳の頃は五十歳を越そうかという老僧だった。新三郎はもちろん、神仏を信じていそうにない伴蔵までが、深く首《こうべ》を垂れている。これは、この高僧が持っている念仏に深く帰依《きえ》し、高い徳を得た雰囲気に呑《の》まれて、おのづからそうしたのであろう。

高僧は寂寞《じゃくまく》とした足取りで三人の前に進み出ると、木綿の座布団にすうっと静かに腰を下ろした。

「おお、萩原新三郎殿か」

和尚の低い声はまるで読経《どきょう》のときのように、幾重にも重なるように響いてくる。

新三郎は一度背を正してから深々と頭を下げた。

「はい、粗忽《そこつ》の浪士、萩原新三郎と申します。こちらにおられる白翁堂《はくおうどう》勇齋様より、死相が出ているとのことを承り、御法《ごほう》念仏をもってお助けいただこうと参じました」

「まあまあ、そう畏まらんでも良い。拙僧は、良石と申しまする。もそっと、こちらに寄っていただけるかな？」

良石和尚の目は、どこまでも穏やかだった。そして口調も、声も、慈悲に満ち溢《あふ》れている。まるで阿弥陀如来が俗世に姿を顕《あらわ》したかのような趣がある。

けれども和尚を包むそうした雰囲気が、かえって対面した者を緊張させるらしい。

新三郎はまるで猛獣か、剣の達人とでも対面しているかのように脂汗を流しながら、そっと体を前に運んだ。

和尚の両眼が、新三郎の顔を見る。まるで彼の人生を左右する因縁をすべて見通してでもいるかのように、和尚の黒く、深い光を放つ瞳が、新三郎の顔に向けられる。

やがて和尚は声も出さずに、「むう……」と唸った。

「いかがでしょうか」

新三郎の背後から、勇齋が声をかけた。

「……なるほど、確かに死相は出ているかもしれぬ。だがそれ以上に、もっと厄介な因縁に、いくつも取り巻かれておるようですな」

「因縁……でございますか？」

「そう。まるで、何本もの紐《ひも》が複雑に絡み合うように、いくつもの因縁にまとわり付かれておいでだ」

和尚の言葉に反応したのは、新三郎ではなく勇齋だった。

「そうでしょう。やはり、私の見立てに間違いはなかった」

自分の仕事に満足するように、今にも破顔しそうな様子で頷いている。

和尚はそんな勇齋の素振りを気に留める様子もなく、続けた。

「いちばん太い因縁は、女とのものじゃな。なにしろ、悔しさや恨めしさで結ばれているわけではなく、恋しさで固く結ばれておるようじゃ。これは、三世……いや、四世も前の世から、一人の女が萩原様を思い慕い続け、生まれては死に、死んでは生まれ変わってを繰り返しておるのであろう。二人とも、それぞれの世で顔貌《かおかたち》は入れ替わっておるが、同じ魂を持つものだろうな。その女は自分が死ぬと、必ず萩原様を巻き添えにして殺してしまう。この因縁をどこかで断ち切らねば、今生の萩原殿も死することになるじゃろう」

「つまり俺が見た幽霊は、その女の霊ってことで⁉」

和尚が言い終えるやいなや、伴蔵が身を乗り出した。

「……幽霊？」

和尚は初めて表情を崩し、不審そうに伴蔵に視線を送った。

「へぇ……俺は、萩原様の屋敷に幽霊が入っていくのを見たんでさ」

伴蔵は聞かれもしないのに、盆の入りからその日までのことを、滔々《とうとう》と語り始めた。新三郎の屋敷が閉ざされたこと、それから女の声が聞こえるようになったこと、牡丹灯籠を提げた女中の幽霊を従えた、若い娘の幽霊が新三郎の屋敷に入っていったこと。

話を終えると、

「なんとかして、萩原様をお助けする方法はないんですかい?」と、真剣な眼差しを和尚に向けた。

和尚はしばらくのあいだ、じっと伴蔵のことを見据えていた。

本堂にいた四人のあいだに、沈黙が続く。

しばらくして、

「因縁と言えば、もっと無視できないものがあるのじゃが……まあひとまず、その女との因縁を遠ざける方法はござろう。しばし、そこで待たれい」と言って立ち上がり、また襖の向こうへと入っていった。

和尚が戻ってきたのは、それから四半時も経《た》ってからのことだった。

ちょうど掌に収まるほどの、三つの紫の包みを抱えている。和尚は、新三郎、勇齋、伴蔵の前にその包みの一つを置くと、流れるような手つきで薄い布を開いた。

最初の布の中から出てきたのは、黄金色に輝く美しい仏像だった。三人はその姿を目にした瞬間、いっせいにうっとりと驚嘆の息を吐いた。

「また、みごとなものですな……」

勇齋は身を乗り出して、顔を仏像に近づけた。あまりの尊さに、手を触れることには躊躇《ためら》われたのだろう。

その背後で伴蔵が、じっと仏像を見つめている。息をすることも忘れた様子で爛々《らんらん》と輝かせた目を見開いていた。

やがて、何を思ったのか口元をニヤリと歪《ゆが》め、下を向いて肩を震わせている。

良石和尚は、その伴蔵をチラリと見た。しばらくのあいだ憐《あわ》れむような、悲しむような目付きをしていたが、気を取り直したように新三郎に向かって声を発した。

「こちらは海音如来《かいおんにょらい》と申してな、因縁や死霊から私どもを守護してくださるたいへんありがたい仏様じゃ。ただ、金無垢《きんむく》で作られている上、四寸二分も丈がある。欲の深い者に盗まれぬよう、くれぐれも人目に触れぬように気を付けねばならんぞ。こちらの厨子《ずし》にお入れ申したまま胴巻に入れておくか、背中に縛りつけておくのがよろしかろう」

言いながら、別の布を開くと、黒塗光沢消《くろぬりつやけし》の厨子が出てきた。

和尚は恭しく金無垢の如来像を取り上げて厨子の中に収めると、そのままの状態で新三郎に差し向けた。

そして、最後に残った三つ目の包みを手に取る。今度のものは、他の二つに比べると非常に薄いものだ。中から出てきたのは、一冊の経典と、紐で括《くく》られた大量のお札だった。

「そしてこちらは、雨宝陀羅尼経《うほうだらにきょう》という経典だ。宝を雨のように降らすほどありがたいお経と書くが、そういう意味ではなく、海の音という如来様……すなわち、海音如来に帰依するときに読むお経じゃな。もともとは、妙月長者《みょうげつちょうじゃ》というお方が、貧しい者であっても悪い病の流行るときに救ってやりたいのだけれど、救うだけのお金がないので仏の力でなんとかできないかとお考えになられたところ、お釈迦《しゃか》様がその心に感銘を受けられ、誠に尊い心がけとのことでお与えになられたのがこちらのお経じゃ。一緒にさしあげるお札を、外から穢れの入ってきそうなところに貼り付けてから、読経するが良かろう」

新三郎は深々と頭を下げて、三つの風呂敷包みを受け取り、安堵したようにふうと一つ大きく息を吐いた。

「これで、死相からも逃れられよう」

勇齋も、新三郎以上に顔を綻ばせている。

しかし、そんな二人の様子を見た和尚は、目を閉じて溜息を吐く。

「人間というのは、現世に生まれついたからには、生きるためにできる限りのことをせねばならぬ。けれども、どんなに抗おうとしても、因縁というものからはそう易々と逃れられないもの。もし萩原様の身に何かあったときにも、どうぞ阿弥陀《あみだ》様への帰依を忘れず、慈悲の心を持ち続けられるが良かろう」

「如是我聞一時薄伽梵住憍睒弥国建吒迦林与大苾芻衆五百人倶又与多諸大菩薩摩訶薩……」

新三郎の屋敷の中から、雨宝陀羅尼経が絶えず響いてくるようになった。

難しい経典で、はじめのうちは新三郎も読むことがなかなかできなかった。読んでもまるで阿蘭陀語《オランダご》か何かのようで、まるで意味がわからない。

それでも、ひと時、ふた時と読み続けているうちに、だんだんと滑らかに声を出すことができようになっていた。

屋敷の四方八方には、御札が貼られている。

寝間の中央に蚊帳を吊《つ》り、その真ん中に敷いた蒲団の上に座り込んで、日が暮れてからただただ一心に経を読み続ける。

夜が明けてしまえば、幽霊がやってくることもないというのだろう。毎晩、夜のあいだは経を読み、夜が明けたら眠るという生活を送れば、このままお露とお米の幽霊をやりすごすことができるはずだ。

新三郎はそう信じて、ずっと読経を続けているように見えた。

その日の夜。

八ツの時を知らせる上野の鐘が、不忍池《しのばずのいけ》に響く。

昼間は人で賑《にぎ》わっている下谷《したや》広小路《ひろこうじ》もひっそりとして、どこからか水の流れる音や、秋風の吹く音が響いてくる。

根津の辺りまでくると、静けさはいっそう増してくる。

その静寂の中、外に出た伴蔵は息を潜めて、新三郎の屋敷を見守っていた。

屋敷の中では、新三郎が相変わらず雨宝陀羅尼経を読んでいる。その声が、本当に微《かす》かに外まで漏れ出て、聞こえてくる。

生暖かい風が吹き、むわりと草いきれが立ちこめる中、伴蔵は叢《くさむら》に身を潜めていた。

ときおり蚊が近寄ってきて、肌にピタリと吸い付く。

それでも、伴蔵は身動き一つとることなく、ただじっと息を殺していた。

今日もきっと、あの幽霊はやってくるだろう。

新三郎の世話をすることで駄賃をもらって生活をしている伴蔵としては、このまま幽霊などに憑き殺されてしまっては、暮らしが立ちゆかなくなってしまう。だから何としても、幽霊が新三郎のもとから去るのを、見届けなければならなかった。

しばらくすると、

……………カラン…………コロン……カラン……コロン

また、音が響いてきた。

今度ははっきりと、北の方角から近づいてくるとわかる。

新幡随院にあった、飯島の娘お露と、その女中お米の墓。幽霊はあそこから出てきて、毎晩ここへ通ってくるのだろう。

伴蔵の額に、じわり、脂汗《あぶらあせ》が滲んできた。その汗は顳顬《こめかみ》から頬を伝い、流れ落ちる。

見ると、今日もお米の幽霊は牡丹の花が付いた灯籠を提げ、後からお露の幽霊が付いてきている。

やがて、新三郎の屋敷から響いてくる読経の声が、ピタリと止まった。

ハッとして伴蔵は、顔を上げた。

……もしかして新三郎は、たとえお露に憑き殺されるとしても、やはり屋敷に招き入れようというつもりなのではないだろうか。彼女への恋しさに、堪《こら》えきれなかったのではないだろうか。

そうは思ったが、伴蔵は恐ろしさのあまり、その場を動くことができなかった。

体が震え、その振動で周囲の草が音を立ててしまいそうになるのをなんとか耐えながら、屋敷の様子をただ眺めていることしかできなかった。

しばらくの後。ちょうど新三郎の寝室《ねま》のところにある雨戸が、ガタリと音を立てた。

振り向くと、ほんのわずかに雨戸の隙間が開いている。新三郎が、外を覗いているのだ。

きっと新三郎は、焦熱《しょうねつ》地獄にでも堕《お》ちたかのような苦しみを味わっていたことだろう。

……カラン……コロン……カラン……コロン

お米とお露の幽霊は、そんな新三郎の様子に気付いているのか、いないのか、歩調を変えることもなく屋敷に近づいて行く。

牡丹灯籠の微かな暖色の灯《あか》りが、ぼんやりと周囲を照らしている。

とうとうお米が、屋敷の入口の前に立とうとしたとき。

扉から手前のところで、足音がピタリと止んだ。

……今までであれば、ここからさらに歩を進めて、新三郎の屋敷の扉を叩いたはずだ。

それが、ほんの三歩ばかりであるが、扉から離れたところで足を止めた。

これでは、扉を叩こうにも手が届かない。

するとお米は、臆したように二歩、三歩と後ずさりをして、ゆっくりとお露に視線を送った。

そして、女が発したものとは思えない地を這《は》うような低い声が、伴蔵の耳に響いてきた。

「……お嬢様、これではとても入ることができませぬ。萩原様はお心変わりあそばして、お嬢様を屋敷の中に入れないように、きつく戸締まりをされたようでございます。昨晩はお嬢様を心から愛していると仰っておられたのに……そのお言葉を裏切られたのでございましょうか」

お米の言葉に、お露はじっとその場に立ち尽くしたまま、ひと言も答えなかった。ただ、ほんの少し悔しそうに、目を細めて地面にじっと見入っていた。

お米が続ける。

「心変わりのするような殿方というのは、とても信じられるものではございません。男心と秋の空、実直な人柄と見込んでお嬢様との間柄をお許し申したのですが……このように人情の腐った男など、お相手されぬがよろしいかと存じます」

その言葉に、ようやくお露が声をあげる。

「……萩原様に限って、そのような心変わりがあろうはずはございません。きっと何か、手違いのあってのこと。どうぞ、萩原様に逢わせてくださいい……そうでなければ、私は家になぞ帰りませんよ」

そう言ってさめざめと涙する様子は、確かに麗《うるわ》しいのだ。

けれどもやや離れたところから眺めている伴蔵にとっては、ただひたすらに恐ろしく、霊の力をもって萩原の屋敷に幽霊たちが無理矢理に押し掛けるのではないかと、気が気でない。

仏への信心などいつもは持ってもいない伴蔵が、必死に手を合わせて全身を震わせながら、南無阿弥陀仏南無阿弥陀仏……と、唱えている。

「お嬢様がこれほど慕われているというのに、あんまりではございませんか……ねえ」

お米の幽霊はそう言って、流すように視線を送った。

——目が合った！

伴蔵は両手を合わせたままとっさに体を伏せた。

額を地面に擦《こす》りつけ、南無阿弥陀仏南無阿弥陀仏……と、唱え続ける。

すると次の瞬間、背中がゾクリと震えた。

胸が苦しい。深く息を吸い込まないと、呼吸ができない。

頭ははっきりとして、周囲の状況が見渡せている。それなのに、どんなに体を動かそうとしても、思い通りに動かすことができない。

やがて、顎がガクガクと震え、歯がぶつかってガチガチと音を立てる。

伴蔵は叫び出したくなるような衝動に駆られた。

「あーっ！」と、声を絞り出して、顔を上げる。

いつの間にかお米が、すぐ目の前まですうっと迫っていた。足がなく、そこかしこの朽ちた上半身だけが、こちらにどんどん近づいてくる。

その刹那、伴蔵は体が動くようになっていることに気が付いた。とっさに立ち上がると、四つ足で這うようにして、ようやくその場から逃げ出した。


翌日。お峰《みね》はいつものように、新三郎の屋敷の庭にある畑で作業していた。

手が空くと辺りを掃除し、時間になれば竈《へっつい》に向かって、伴蔵と新三郎の食事を作る。その合間に、わずかばかりの生活の足しに内職をする。

そんなお峰を脇目に、伴蔵は日がな一日、自分の部屋でゴロゴロしている。

ここまでは、いつもと変わらない日常だった。

後は食事ができたときに新三郎のところまで運ぶのが、伴蔵にとって唯一の仕事らしい仕事だ。生まれながらに怠惰な性質の伴蔵は、ごく簡単な内職にさえ手を付ける気がなかった。

けれどもこの日ばかりは、伴蔵の様子がいつもと違っていた。

朝からずっと、家の中をふらふらしている。お峰の後を付いて歩く。夕餉《ゆうげ》を食べ終えるとついには、家の片隅に積まれていた藁《わら》を手に取って、お峰がやっている草履《ぞうり》作りの内職を手伝い始める。

「今日に限って、いったいどういう風の吹き回しだい?」

お峰は目を丸くした。

「どうにも落ちつかねえんだよ。言っただろ? 夕べ、萩原様の屋敷で幽霊を見たって」

憮然《ぶぜん》とした様子で、伴蔵は答えた。

「ああ、金縛りにもあったっていうやつかい?」

「いや……間違いねえ。あれは確かに幽霊だった。俺は夕べ眠ってもいねえし、朝からずっと胸騒ぎがして仕方がねえ」

「まったく……、夢でも見ていたんじゃないの」

お峰は内職の手を止めることもなく笑って、伴蔵の言葉を相手にすらしていなかった。

黙々と仕事をするうち、だんだんと夜が更けていく。お露は毎晩こうして遅くまで夜延《よなべ》をして、日銭を稼いでいる。

やがて、さすがに仕事をするのに飽きたのか、伴蔵が寝床の準備を始めた。すっかりくたびれて、ところどころ穴の開いた蚊帳を吊る。蚊帳といってももちろん麻蚊帳などは高嶺の花、紙を貼り合わせただけのものだ。

「今夜はもう、萩原様の様子を見に行かないの？」

お峰は顔を藁から目を離さずに、声だけを伴蔵に向けた。

けれども伴蔵はその言葉に答えることもなく、さっさと中に入ってしまう。穴を空けて紗《しゃ》を貼ることすらもしていない蚊帳なので、入られてしまうと姿も見えなくなる。

昨日から眠っていないということなので、疲れているのか。

中からバタバタと足で立てる音が聞こえてきたかと思うと、ほどなく鼾《いびき》が響いてきた。

お峰はようやく蚊帳のほうにチラリと目を向けると、また黙々と仕事を始めた。

……やがて、ボーンと八ツの鐘が響いてきた。

家の中は、しんと静まり返っている。壁が薄いために、どこからか、草木が風に揺れる音や、水が流れる音が聞こえてくる。

すると不思議なことに、そうした音に紛れて、何やらぼそぼそと話をするような声が聞こえた気がした。

――外から、だろうか。

お峰は不思議に思って、耳を凝らす。

どうやらその声は、蚊帳の中から聞こえてくるらしかった。

伴蔵の、寝言だろうか。

それにしては、おかしい。どうも、伴蔵以外の声が、その中に混ざっているような気がする。

――二人、いる。

いや、そんなはずはない。お峰はふうと大きく息を吐いた。

さっき、蚊帳を吊るところから見ていたのだ。そのときは確かに、中に人などいなかった。

そして、その後に蚊帳の中に入ったのは、伴蔵だけ。それからというもの、この家に入ってきた者など一人もいやしない。

自分も毎晩のように夜延をして、少し草臥《くたび》れているのかもしれない。

そう思うと、お峰は内職の手を止め、じっと蚊帳を見据えた。

――まだやはり、ぼそぼそと囁《ささや》き声が漏れ出てきている。

お峰は、ゴクリと息を飲んだ。

行灯《あんどん》のあかりが微かに揺れて、室内を照らしていた。

お峰は這うようにして、恐る恐る体を蚊帳に近づけた。垂れ下がった紙の端を摘まみ、そうっと、上に持ち上げる。

お峰はハッとした。

伴蔵が、蒲団に横になっていないのだ。

起き上がって蒲団の脇に正座をしたまま、両手を膝に圧《お》しあてるようにしてじっとしている。

まるで、お白洲《しらす》にでもかけられているか、誰かに叱《しか》られて謝罪でもしているかのようだ。

そのまま、ようやくお峰の耳に届くくらいの声で、ぼそぼそ、ぼそぼそ、囁いている。

（……どうしたんだい、アンタ？）

お峰はそう、声に出そうとした。けれども、それは躊躇われた。

もしかしたら、蒲団の中に女が潜り込んででもいるのだろうか。

——だが、伴蔵以外の人間の気配はない。

——そのとき
不意に、行灯のあかりがすうっと消えた。

室内は真っ暗になる。

その中で、ただ伴蔵と、誰かわからないもう一人の声が、ぼそぼそ、ぼそぼそと響いている。

もしかすると、行灯の魚油が切れたのだろうか。

確かめようかとも思ったが、お峰はそうしなかった。伴蔵の様子を気味悪く思って蚊帳の紙を下ろすと、お峰はそのまま蚊帳の外で冷たい板の上に横になり、そのまま寝入ってしまった。

伴蔵の奇妙な様子は、ふた晩、三晩と続いていた。

お峰もはじめのうちは、伴蔵が寝ぼけてでもいるか、悪い夢でも見ているのかもしれないと思っていた。けれども、伴蔵と話しているらしい女の声は、日増しに大きくなってくる。

もしかすると、昼間自分が畑仕事をしているうちに女を連れ込んで、ずっと家に忍ばせているのではないだろうか。あるいは、どこか壁に穴でも開いていて、毎晩そこからこっそりと女が入ってきているのではないだろうか。

けれども、この狭い裏長屋の家に、隠れる場所などあろうはずもない。それに、人が一人通れるくらいの穴が開いているのなら、さすがに気が付くはずだ。

お峰はあれこれと思いを巡らせてみたものの、なかなか伴蔵がぼそぼそと話をしている蚊帳の中に入っていくことができずにいた。

一方で、伴蔵が何も自分に言ってくれないことに対して、苛立《いらだ》ちを覚えているのも確かだった。その心はだんだんと、伴蔵が自分とは別の女と毎夜話をしているという悋気《りんき》となって、むらむらと怒りが膨れあがる。伴蔵はろくに働きもしないし、稼ぎもしない男だが、それでも長いあいだ連れ添った夫なのだ。

その怒りは四日目の晩、伴蔵が、

「そういえばお前……この頃は毎晩、蚊帳の外で寝ているよな」と、ふと思いついたように口に出したところで、頂点に達した。

「何だかよくわからないんだけどね……別に、構いやしないよ」

「いくら夏でも夜中は冷えるし、蚊に喰《く》われて熱を出すことだってあるかもしれねえ」

「だって、馬鹿馬鹿しいじゃないか。あたしが九ツ、八ツまで夜延をして稼いでいるってのに、アンタはさっさと寝ちまうんだから」

「いいから、中に入って寝ねえか」

伴蔵が、声を荒らげた。

その口調は、叱りつけるというようなものではない。まるですごみを利かせるような、脅すようなものだ。ときおり伴蔵には、こういうことがある。言うことを聞かなければ、もしかすると殴られるどころか、刃物で刺されるか首を絞められでもするのではないかという恐怖感を覚える。そうして迫られると、お峰はつい伴蔵の言うことを聞いてしまうのだ。

お峰は腹を立たせながらも、しぶしぶ蚊帳を捲《めく》った。中に入るのは、数日ぶりだ。

寝床を見る。

……もちろん、伴蔵とお峰の他には誰もいない。

「……ねえ、アンタ」

「なんだ?」

「毎晩、お前さんのところに来ている女。あれはいったい何だい?」

お峰は、わざと冗談めかすようにして訊ねた。こうすれば、伴蔵の機嫌をこれ以上損ねることはないように思った。

すると、伴蔵はどういうわけか、ふて腐れたようにお峰から顔を背けた。返事をしない。

「どうしたんだい?」

「……あっ、ああ」

伴蔵はばつの悪い素振りで、口ごもった。

いよいよ怪しい。やはり、女でも連れ込んでいるのではないか。

伴蔵にやましいところがあるらしいと見るや、お峰はとたんに強気になった。

「どうしたんだい、何か言ってみなよ！　アンタのために寝ないで齷齪《あくせく》働いているのに、稼いでいる女房に構わずに他の女なんかを引きずり込んで。あんまりじゃないか。あたしだって、そんなに狭い了見じゃない。玄人《くろうと》だったりするのなら、ことによっちゃあ許してやらないでもない。あれはこういうわけだと、話してくれてもいいじゃないか」

一気にまくし立てると、伴蔵も追い詰められたらしい。

「そんなわけじゃねえよ。俺も言おう言おうと思っていたんだが、おめえが怖がったら悪いと思って言わないでいたんだ」

けれども今度は、先ほどのドスの利いた声ではなかった。売り言葉に買い言葉、お峰の激しい口ぶりにつられたらしく、ちょうど同じくらいの大きさで声をあげた。

「……怖がる？　あたしが？　たかが女なんかに、そんなわけないだろう。もし刃物でも持ってきている女だってんなら、あたしだってただじゃおかないよ！」

お峰のなおも語気を強め、一向に収まる気配がない。

すると、伴蔵は観念したように、肩を大きく上下させて呼吸をした。なんとか気持ちを落ち着けようとしているらしい。

やがて、下から見上げるような目付きでお峰を見ると、

「だったら、言うからな。怖がって逃げるんじゃねえぞ」と、低い声で言った。

「当たり前じゃないか」

「……ここに来ているのはな、萩原様に惚れて毎晩やってくるお嬢様と、お付きの女中だ」

「はっ、二人⁉ 馬鹿をお言いでないよ。こんな狭い蚊帳の中に、アンタの他に二人もなんて」

「ああ、普通の人間ならな」

「なんだい、それは?」

「…………幽霊なんだよ、二人とも」

伴蔵はぼそり、囁くように口に出した。

それはまるで、既にこの家の中にお露とお米が入り込んでいて、その二人に聞こえないように耳打ちをするような口調だった。

伴蔵はお峰に、お露と新三郎のこれまでの経緯《いきさつ》を話して聞かせた。

お露が焦がれ死にをし、お米が看病疲れで後を追うようにして死んだこと。

盆の入りの日に、駒下駄の音を響かせた幽霊が、新三郎の屋敷に入るのを見たこと。

勇齋とともに新三郎を連れて新幡随院を訪れてからというもの、幽霊が新三郎の屋敷に入れなくなっていること。

そしてその日以来、毎晩のようにお露とお米の幽霊が自分のところにやってきて、自分たちを新三郎の屋敷に入れるように懇願していること。

——萩原様は、あんまりなお方でございます。恋焦がれているお嬢様と毎晩逢われると確かにお約束を遊ばしたのに、今はお嬢様をお嫌いなすって、屋敷の中に入れないようになさっているのですから……。

そして、お米は続けてこう言ったのだという。

——裏の小さい窓に貼られている御札。あれさえ剝《は》がして頂けましたら、中に入れるものと存じます。どうか後生ですから、あの御札を……たった一枚だけでもいいので、剝がしてくださいませぬでしょうか？

お峰は瞬《まばた》きをすることも忘れて、伴蔵の話を聞いていた。

「それでアンタ、引き受けたのかい？」

「引き受けはしたんだが、剝がしてはいねえ。今日は畑仕事をしていて萩原様のお屋敷に行けなかった、つい忘れたと言い訳をして、毎晩恨み言を言われているんだ」

「嘘をお言いよ。何がなんでも、幽霊だなんて……」

お峰の言葉は、伴蔵の言葉を否定するというよりも、嘘であってほしいという願望に近いものだった。けれども、

「だったら今日は、お前が出て挨拶するか？」と、伴蔵が訊ねると、それ以上追求することは

しなかった。

「……毎晩って、大丈夫なのかい？　萩原様への恨みが、あたしたちに向かうようなことはないだろうね？」

確認をするように、お峰が訊ねる。

その言葉に、伴蔵は返事をしなかった。できなかった。

自分でも薄々、同じことを考えていたのだ。

「昨日の晩も、明日はきっと剝がしますと言ってなんとか帰《けえ》したんだ。幽霊に恨みを受けるのは勘弁願いたいが、札を剝がせば萩原様は憑き殺されるに違《ちげ》えねえ……」

ガタガタガタ……。

そのとき不意に、家の木戸が揺れた。

お峰はビクッと肩を震わせる。恐る恐る蚊帳を持ち上げて、家の入口を覗き込む。

……もちろん、そこには誰もいない。

静かだ。

あまりの静けさに、しばらくするとキーンと耳鳴りがした。

やがて、

…………カラン…………コロン……カラン……コロン

どこからか、駒下駄の音が響いてくる。

「きゃぁぁぁぁぁぁぁぁぁっっっ！」

お峰は悲鳴をあげて蚊帳の中に戻り、伴蔵に抱きついた。

「も、も、もしかして……本当なのかい⁉」

「だから、本当だって言ってんだろう」

「あたしゃいやだよう……そうだ、こう言っておやりな。仰ることは誠にごもっともでお恨みはございましょうが、私たちは萩原様のおかげでどうにかこうにか口に糊《のり》することができております。もし萩原様に万一のことがありましては、私どもの暮らしが成り立ちません。どうか暮らしていくことができますよう、金子を百両でも持って来てくださいましたら、きっと御札を剝がしましょう」

「馬鹿を言うな。幽霊が金なんて持ってるものか」

「だから、いいんだよ。金を出さなけりゃ、御札は剝がさない。金も寄こさない、御札を剝がさなきゃこっちに取り憑いて殺すなんて、そんな無茶な言い分はないじゃないか。アンタに恨みがあるわけでもないんだしさ」

「……なるほど」

「考えてみな。もし百両持ってくればそれでよし。アンタもあたしも、一生食うに困らないない。百両が用意できないってんなら、二度と来るなこん畜生って、塩でも撒いて追い払うか、新幡随院の和尚に、萩原様と同じ御札をわけてもらえばいいじゃないか」

お峰はそう言って、ニヤリと笑った。

その表情を見て伴蔵は、我が妻ながら人間の欲というのは幽霊などより恐ろしいかもしれないと、心の底から思ったという。

……けれども、その日の晩は結局それきりでしまいになり、どういうわけか幽霊は姿を現さなかった。

四　お札はがし

明くる日。

お峰《みね》は日が沈んで辺りが暗くなるやいなや、

「あたしゃ、絶対に幽霊なんて見たくもないからね。ちゃんと金のことを言って追い払っておくれよ」と、言って、戸棚の中に隠れてしまった。今日はもう、そこで寝てしまうのだという。

まるで猫か何かのようだ。伴蔵《ともぞう》はそう思ったが、お峰の機嫌を損ねてまた食ってかかられてもたまらないので、黙っていた。

だんだんと、夜が更けてくる。

伴蔵は吊《つ》った蚊帳の中に入り、買い込んだ酒を手酌で湯飲みに注いで、八ツの刻が来るのを待った。酔った勢いで、幽霊と掛け合うつもりだった。

やがて、上野のほうから不忍池《しのばずのいけ》の池を伝って、鐘の音がボーンと響いてくる。しばらくの静寂の後、

……カラン……………コロン……カラン……コロン

北のほうから、駒下駄の音が響いてくる。

この日も、お米《よね》は変わらず牡丹灯籠を右手に提げて、お露を先導している。

駒下駄の音はしだいに大きくなり、伴蔵の家の前でピタリと止まった。

せっかく三合の酒を飲んで体を温めていたのも、無駄骨だった。伴蔵は、まるで肩から冷たい水でも浴びせられたかのように、ブルブル全身を震わせ始めた。

「……伴蔵さん……伴蔵さん」

蚊帳の外から、微《かす》かに声が聞こえる。

お峰は、ぼそぼそと女の声が聞こえる程度だと言っていた。けれども伴蔵には、まるで耳の中で直接声を発しているかのように、いやにはっきりと聞こえてくる。

「へい、おいでなさいまし」

伴蔵は、そっと蚊帳の端を摘まんで引き揚げた。

すると、お米とお露の二人が、すうっと中に入ってくる。二人の幽霊はいつものように、伴蔵と向かい合うようにして、並んで座った。

「……毎晩こうしてお邪魔しまして、たいそう御迷惑のことと恐れ入りましてございます。けれども、今夜もまだ御札が剝《は》がれておりませんので、萩原《はぎわら》様のお屋敷に入ることができず、お嬢様が憤《むずか》り遊ばしておりまして……。どうも困って仕方がありませんから、どうか私どもを不憫《ふびん》に思し召して、あの御札を剝がしてやってくださいませんでしょうか」

話しぶりは、さすがに旗本の家で女中をしていただけあって、どこまでも慇懃《いんぎん》なのだ。それなのにどこか、自分の言うことを聞いてくれなければ、百代までも恨み続けると言わんばかりの迫力がある。お米と向き合って声を交わすだけで、震えが止まらなくなる。

それでも伴蔵は、なんとか絞り出すようにして声を出した。

「お話はごもっともでごぜえやす。だが……俺たちは萩原様のおかげで、ようやくその日暮らしの生活を送っているもので。萩原様の身にもしものことがあれば、俺たちは暮らしていけねえ。どうか……どうか、後の暮らしに困らぬよう、百両ばかり用意してくれねえでしょうか。さすれば、すぐにでも萩原様のお屋敷の御札を剝がして参《めえ》りやす」

冷たい汗が、止めどなく流れる。

それでも伴蔵は、やっとの思いで最後まで言い切った。

……すると、お米とお露の幽霊は顔を見あわせ、首を傾《かし》げている。百両という金を求められて困ったのか、あるいは何か二人に思うところがあったのか。お米が目を閉じて、やれやれといった具合に首を左右に振ると、お露《つゆ》は悲しそうに顔を伏せた。

「ほら、ですから言わないことではありません。こちらのお方には恨みもございませんのに、こうして毎晩伺《うかが》っては、御迷惑だったではありませんか」

「だから昨日の晩は、遠慮したのですよ……」

「今日来てしまったら、変わりありません。こうしてお叱《しか》りを受けるというのも、ごもっともなことで……萩原様は既にお心変わりされたのですから、どうかお慕いなさるのをやめて、諦めてくださいまし」

お米は、厳しい口調でぴしゃりと言い放った。幽霊だとはいえ、お露に対してであれば、こうして普通の人間と変わらない素振りでいられるらしい。

「嫌ですよ！　私は、萩原様のことを諦めるだなんてできません。百両のお金をどうかこちらのお方にさしあげて、御札を剝がしていただき、萩原様のお側にやってくださいませ」

「そうは仰いますが、私どもが百両ものお金など持っている道理はございません」

「そこを……そこをなんとか………」

お露は振り袖の布を顔に押し当てて、さめざめと泣き始めた。

今度は、困ったのはお米のほうだ。

腕組みをしてじっと考え込んでいる様子は、どうしても幽霊とは思えない。

しばらくして、お米は二度、三度、自分自身を納得させるように頷《うなず》いた。そして、

「わかりました。どうにか工面をして、百両の金子《きんす》を手に入れて参りましょう」と、お露を説得するように言って、伴蔵のほうに向き直る。

「伴蔵さん。それでは、代わりと言って何ですが、もう一つお願いしてよろしいでしょうか？」

「……何でしょう？」

急に話し掛けられて、伴蔵は動揺した。いつの間にか、体の震えは収まってしまっていた。

「萩原様は御札の他にも、海音如来《かいおんにょらい》のお像を懐に入れておいでです。それがあっては、やはりお嬢様は近寄ることができませんから……そのお守りもどうにかしてお盗み遊ばして、どこか他のところへお取り捨ていただきたいのですが、よろしいでしょうか？」

「あ、ああ。それくらいのことなら、お安い御用で。きっと海音如来のお像も盗みましょうから、どうか百両の金を忘れずに持ってきておくんなせえ」

「わかりました。お嬢様、それでは明晩まであと一日だけお待ちいただけますか？」

お米が訊《たず》ねると、お露は、

「今夜もまた、萩原様にお目にかかれないままで帰るのですね……」と、床に体を伏せて嗚咽《おえつ》する。

お米は慰めるように、お露の背中をさする。

二人はその様子のまま、すうっと姿を消していった。

「お峰……おい、お峰。起きな」

伴蔵がドンドンと何度も戸棚を叩《たた》くと、下のほうにある小さな扉がガタガタと音を立てた。だいぶ建て付けが悪くなっているらしく、何度も途中で止まる。そのたびに、強引に横に引っ張る。

中から出てきたのは、汗だくになったお峰だった。夏の盛りにこんなところに潜り込んでいたのだから、当然と言えば当然だろう。

伴蔵は呆《あき》れた様子で、

「もう外に出なよ」と、声をかける。

「まだ幽霊は居やしないかい？」

「今、帰《けえ》ったよ」

お峰は伴蔵の言葉を聞いて、心底ホッとしたほうに目を閉じて大きく息を吐く。そのまま手を前に伸ばすと、

「戸棚の中にいても話す声が聞こえてきて、心底怖かったよ」と、言いながら、戸棚の中から這《は》い出した。

「俺もだ。頭から水でも掛けられたみてえに、すっかり飲んだ酒も醒《さ》めちまった」

「あら、じゃあちょっと出してあげようかね」

いつもであれば、伴蔵が酒を飲むことに、お峰は渋っているのだ。けれどもこの日ばかりは、幽霊と談判をしてくれたことに感謝したのか、男らしさを感じたのか、媚びるような目でチラリと伴蔵を見ると、いそいそと竈《へっつい》のほうに足を向けた。

お峰が肴を準備しているあいだに、伴蔵は幽霊に言われたことを話して聞かせた。

「如来様っていうのは、あのとき坊さんが萩原様と勇齋《ゆうさい》先生に言っていたものに違《ちげ》えねえ」

「金無垢《きんむく》でかなり大きいんだろう？　それなら、どっかで高く売れるんじゃないかい」

「どっちにしても江戸では難しいから、どこか知らない田舎に持っていって、つぶすかしてから売るしかねえかな。それでも、一生遊んで暮らせるくらいにはなるだろ」

「もしかして、あたしたちにも運が向いてきたんじゃないかい？」

お峰は欲を隠さない質《たち》らしい。しなだれかかるように伴蔵に身を寄せると、そのまま首に抱きつく。ひどく汗をかいていたためか、伴蔵の鼻腔《びこう》にはむわりと、女の匂いが立ちこめてきた。

「だが、萩原様はずっと、如来様を首に掛けておられるからなあ……そう簡単には」

「そんなの、簡単じゃないか」

お峰は事も無げに続ける。

「萩原様はこのごろ、お風呂にも入らないで、蚊帳の中でお経を読んでばかりいらっしゃるんだろう？　だったら、行水でもお勧めして、私が体を洗ってあげてるからさ。そのあいだにそっと盗みなよ」

こういうときの悪知恵は、伴蔵よりもお峰のほうが働くらしい。

二人はその後しばらく、酒を交わしながらもろもろの算段を決めて、翌朝早くに新三郎《しんざぶろう》の屋敷へと向かった。

「これはまた、ずいぶんと早いですね……」

応対に出た新三郎は、朝餉《あさげ》の膳を抱えたお峰の姿を見て、目を丸くした。

ここ数日は、幽霊に会っていないためだろうか。新三郎は、ずっと屋敷に籠もっているためにだいぶ窶《やつ》れてはいるものの、それでも少し前に比べればずいぶんと血色も良くなっている。

「萩原様は夜中のあいだずっとお経をお読みなさって、朝になるとお休みになってしまわれるじゃないですか。朝が苦手なうちの人に運ばせると、どうしてもお食事が夕方になってしまいますから。こうしたほうが良いと思いまして」

お峰はそう言うと、新三郎の返事も聞かないまま屋敷の中にあがりこんだ。

雨戸を開けることもほとんどしていないためか、室内はどことなく湿っていて、黴《かび》と汗とが混ざった臭いに覆われている。そのことに気づいたお峰は、ぱあっと明るい表情になった。

「旦那、ちょっと臭いますよ。せっかくのいい男が台無しです。これから湯を沸かしますから、行水などなさったらいかがでしょう？」

「……いえ、ちょっとわけがあって、行水は使えないんですよ」

新三郎はそう言って、自分の胸元にそっと手を宛がった。

あそこに、金無垢の如来像がある。

お峰はチラリとそこに目を向けたが、すぐに何事もなかったように眉を開いた。

「この暑いのに行水を使わないでいるのは、体に毒ですよ。今日はお日柄もよろしゅうございますから」

「それが……私は外に出るのは………」

「だったら、奥にある三畳間の畳をあげて庭に干しますから。そのあいだに、お部屋の中で行水を使ってはいかがでしょう！」

「いや、裸には……」

「占者《うらない》の勇齋先生も仰ってるじゃありませんか。汚くしているから、病気が起こったり、幽霊や魔物につけ入られたりするんだって。体を清らかにさえしていれば、幽霊なんて入ってきませんよ」

新三郎がどんなに言い訳しようと、お峰は矢継ぎ早に返事をしてしまう。

これにはさすがの新三郎も、これ以上何を言っても仕方がないと思ったらしい。

「……わかりました。では、屋敷の中で水を遣いますから、伴蔵さんを呼んで畳を上げていただけますか」

「そんなこと、亭主なんかを呼ばなくたって、あたしがやりますから」

お峰は一人で次々と、部屋の畳をあげ始めた。新三郎が一枚をやっとのことで持ち上げようとするあいだに、気が付けば二枚を外へ出し、大きな盥《たらい》に沸かした湯を張って運び込んでいる。

新三郎は結局一枚も運び出すことができないまま、寝間で着物を剝ぎ取られるように裸になった。

すると、首から提げた白木綿の胴巻《どうまき》が露《あら》わになる。

「これはたいへんありがたいお守りですから、行水しているあいだ神棚にでもあげておいてくださいますか?」

新三郎が言うと、お峰はとっさに、

「だったら、そこにある精霊棚《しょうろうだな》のほうが良いんじゃありませんかね?」と、提案をする。

「いや、これは……」

「お守りは神様よりも、浅草《あさくさ》の観音様に信心していますよ。どうです、そちらの棚で」

新三郎がまごついているうちに、お峰はさっさと胴巻まで外してしまい、それをさもありがたそうに精霊棚の前に置いて手を合わせた。南無阿弥陀仏南無阿弥陀仏……と、唱えている。

海音如来に南無阿弥陀仏というのはどうなのだろう。新三郎は思ったが、口には出さないでおくことにした。お峰は親切心でこうしているものと考えて、微塵《みじん》も疑わずにいたのだ。

お峰に引きずられるようにして、新三郎が寝間を後にする。

水の音が聞こえ始める。

それを合図に、三畳間に抜けるのと反対側の戸がすうっと開いた。

入ってきたのは、伴蔵である。

向こうの部屋から死角になっているのを確かめると、そろり、そろり、足音を立てないようにして中に進む。

さっきまで盗み聞いていたお峰と新三郎のやりとりに半ば呆れながらも、そういえばお峰はふだんから良く気が付く女だったと思い直す。

そして、彼女のおかげで手に取りやすい場所にあった胴巻から、黒塗光沢消《くろぬりつやけ》しの厨子《ずし》を取り出し、扉を開いた。

中から出て来たのは、美しく金色に輝く海音如来だ。

新幡随院では遠くからしか見られなかったが、初めて間近で目にして、伴蔵は溜息を吐いた。

もちろん、伴蔵には物の価値などわからない。けれども、この如来像がきっと高く売れるであろうことだけは、すぐにわかった。

伴蔵は如来像をそっと抜き取って懐中に入れると、その代わりに、瓦土でできたお不動様の像を中に押し込み、元のように精霊棚にそっと置いた。新幡随院で目にしたときの様子をお峰に伝えたところ、きっと同じくらいの重さだろうということで、用意してくれたものだ。

そのとき――

「お峰さん……行水するのも久しぶりだから、あんまり長い時間だと逆上《のぼ》せるかもしれません。そろそろ、出てもよろしいでしょうか？」

三畳間のほうから、新三郎の声が響いてくる。

伴蔵は慌てて、新三郎の部屋をあとにした。

夕方になると、新三郎の屋敷からはまた、雨宝陀羅尼経《うほうだらにきょう》を読む声が漏れ聞こえてくるようになった。

伴蔵はそのことを確かめると自分の家に戻り、

「なんだか申し訳ねぇことをしたなあ……」と、呟《つぶや》くように言った。

けれどもお峰はその言葉に返事をすることもなく、うっとりと海音如来像を眺めている。

「本当に、立派な如来様だねぇ。なかなか高く売れそうだよ。本当にあたしたちにも、運が向いてきたんじゃないかい？」

「だが、その如来様がここにあったら、あの幽霊たちはここに入って来れねぇんじゃねぇのか？」

「別に、構わないじゃないか」

お峰は平然と言ってのける。

「じゃあ、どうやって百両をもらうんだよ」

「アンタが外に出かけていって、途中でお出迎えしなよ」

「馬鹿言うな。そんなことができるか」

「まったく、しょうがないねぇ……」

お峰と伴蔵は、考え込んだ。

如来像を誰かに預けなどしたら、どうしてこんな高価なものを持っているのかと疑われかねない。それに、新三郎が幽霊に取り殺されたりしたら、体にこの像がないことはすぐに露見してしまうだろう。

像のことを知っているのは、新幡随院《しんばんずいいん》の良石和尚《りょうせきおしょう》と勇齋、そして伴蔵だけだ。もし奉行所の調べが入ったら、誰かが盗んだに違いないと、まずは自分のところに詮議が入ることになる。そのときに家探《やさが》しされてみつかりでもしたらたまらない。

二人は結局、木でできた羊羹箱《ようかんばこ》に如来像を入れて、新三郎の屋敷の畑に埋めておくことにした。竹の棒でも立てておいて、ほとぼり冷めた頃に掘り出せば良い。幽霊から百両をもらうことができれば、生きていくための金はできる。

あとは、お露とお米の幽霊が現れるのを待つばかり。

伴蔵とお峰は前祝いと称して二人で酒を酌み交わしていた。やがて九ツを過ぎた頃、

「じゃあ、よろしく頼むよ」と言ってお峰は、また戸棚の中に入ってしまった。

明け方はあんなに堂々と悪巧みをやってみせたのに、それでも幽霊は怖いらしい。

女というのはつくづく不思議なものだと、伴蔵は思った。

残された伴蔵は、この日も蚊帳の中に入って酒を飲んでいた。

八ツの鐘が響くと、急に辺りが静まり返ったような気になる。家の中に入り込んだらしい蟋蟀《こおろぎ》の声だけが、どこからか響いている。

その中に割って入るように、駒下駄の音が聞こえてくる。

……カラン……コロン……カラン……コロン

来たな、と思って、伴蔵は蚊帳の外に出た。

さすがに何日も続けて通ってこられると、恐ろしさの中にもいくらか、慣れが生じてきているらしい。

外の様子を窺《うかが》う。

長屋を取り囲んでいる生垣に、ぼんやりと牡丹灯籠のあかりが見える。

伴蔵が背伸びをして覗《のぞ》き込むと、不意にすうっと、視界の中に幽霊の姿が入ってきた。

「……伴蔵さん」

お米に声をかけられると、伴蔵はひいっと小さく悲鳴をあげて、口も利けない。

やっとのことで、

「へ、へえ……」と、絞り出すようにして声をあげた。

お米は伴蔵と目を合わせることもなく、下を向いたまま、ゆっくりと話し始める。

「またもお邪魔しまして、たいそう御迷惑のことと恐れ入ります。……けれども、まだ御札のほうが剝がれておりませんで、私どもは萩原様のお屋敷に入ることができません。お嬢様が憤られて困っておりますので、どうか、御札を剝がしてくださいませんでしょうか」

「剝がしやす、剝がしやすが……」

伴蔵はたじろいで二歩、三歩と後ずさった。

けれども、すぐに気を取り直したように口を固く結んで、

「約束の百両の金子は、持ってきてくださいましたか？」と、はっきりと言い切った。

「ええ、確かに持って参りました」

「だったら、見せてくれ。如来様のほうはもう脇へ隠してあるから、百両の金子を確かにもらったら、札を剝がしに行きやしょう」

「先に剝がしていただくわけには、参りませんでしょうか？」

「幽霊が百両を準備できるとも思えませんで。先に札を剝がして萩原様だけ取り殺されたりしたらたまらねえ。どうせこっちは、逃げることなんてできねえんだ」

「なるほど……」

お米は納得したように、二度、三度と頷いた。

そしてどうやって忍ばせていたのか、懐から袱紗《ふくさ》包みを取り出し、

「どうぞ、お改めくださいまし」と、伴蔵のほうに差し向けた。

恐る恐る手を伸ばして受け取ると、ずしり、重みがある。

百両の金など手にしたこともなかったが、確かに十分な重さだ。

そっと包みを開くと、小判が月の光の中でも、ぼんやりと黄金色に輝いていた。

伴蔵はうっとりと溜息を吐いて、袱紗包みを無造作に懐に押し込んだ。そして、

「……一緒においでくだせえ」と、低い声で言うと、新三郎の屋敷の裏手に歩を進めた。

そこには、日暮れ前に用意しておいた二間梯子が横たわっている。

屋敷に立てかけると、ちょうど雨戸の上に作られた蔀《しとみ》の高さになる。そのあいだも屋敷の中からは、新三郎が必死に雨宝陀羅尼経を読む声が外に響いてくる。

伴蔵は震える足で梯子を踏みしめて登ると、手を伸ばして、音を立てぬようにそっと蔀を外した。人一人が通ることはできないくらいの幅しかないが、ここから手を差し入れれば、屋敷の中にある柱に手が届く。そこに、新幡随院の良石和尚から授けられた御札が貼り付けられていたはずだ。

けれども、まだ幽霊への恐怖感が残っているのか、体が思うように動かない。

梯子がガクガクと揺れ、手を差し入れても、思うように御札を摑《つか》むことができない。

手探りに柱に触れると、古くなった木が毛羽立って、チクチクと棘《とげ》が掌に突き刺さる。

伴蔵はその痛みにも構わず、やっとのことで御札に指先を触れた。

そのまま、人差し指と中指とで紙を挟み、力任せに引っ張る。

次の瞬間、梯子が大きく動いたかと思うと、伴蔵は足を踏み外した。

あっ、という声をあげて、地面に転がり落ちる。

体を強《したた》かに打ち付けて、起き上がることもできない。けれども、御札だけはしっかりと指先に挟んだまま、南無阿弥陀仏南無阿弥陀仏と声を震わせて呟いた。

お米とお露の幽霊はそんな伴蔵に構わず、にっこりと二人で顔を見あわせる。

「お嬢様……今宵こそは萩原様にお目に掛かって、どうぞ十分にお恨みを申し上げてくださいませ」

ほくそ笑みながら、お米が言った。

お露はその言葉に返事をすることもなく、恥ずかしそうに袖で顔を隠しながら、伴蔵の脇をすうっと通り過ぎる。

……雨宝陀羅尼経の声が、止まった。

辺りはしんと静まり返る。虫の声さえも、いつの間にか止まってしまった。

次の瞬間、

「あぁぁぁぁぁぁぁっっっっっっっっ！」と、新三郎の絶叫が辺りに響き渡っていた。

中でいったい何が起きたのかはわからない。

そのあいだ伴蔵はただひたすらに、南無阿弥陀仏南無阿弥陀仏……と、念仏を唱え続けていたのだという。

五　本郷《ほんごう》の刀屋

山本志丈《やまもとしじょう》の話を聴き終えて、伊助《いすけ》はゴクリと唾を飲み込んだ。

検屍《けんし》のときに見た、萩原新三郎《はぎわらしんざぶろう》の亡骸《なきがら》を思い起こす。あの鬼気迫る形相は、幽霊に襲われてのものだったのだろうか。

志丈は言った。

「私めは薬師《くすし》としてはいい加減な人間でございますが、こういうときは嘘《うそ》を申し上げないのでございますよ」

「この幽霊の話にも、嘘はないとのことですかな?」

「少なくとも、聞いたままのことをお話したつもりでございます。新三郎君の亡骸の隣に、骨ばかりの女の亡骸が横たわっていたという話でしょう?」

「はあ、そうなんですか!?」

驚いたように、伊助は目を丸くした。

この女の死骸《しがい》は、検屍のときに見ているのだ。けれどもそれを知っているとなると、こうして手代に扮《ふん》して風聞を調べにきたことが疑われてしまう。隠密廻《おんみつまわ》り同心であることが露見するのは、避けなければならない。

「その亡骸というのが、新三郎君を襲った幽霊ではないかとのもっぱらの評判です」

「なるほど……そうでしょうな」

納得した素振りで頷《うなず》きながら、伊助は頭の中でまったく別のことを考えていた。

仮に萩原新三郎の亡骸が幽霊に取り殺されたとして、幽霊はどうやって人間を殺すことができるのだろう。

首を絞めるのか。

頭を狂わせて自害に追い込むのか。

あるいは魂を抜き取ってしまうのか。

それならどうして折れた歯が血の海の中に沈み、肋《あばら》の骨が砕けていたのだろう。

幽霊が人間のとうてい及ばないような力で新三郎の顔を撲《ぶ》ったり、体を締め付けたりしたのだろうか。幽霊に、そのようなことができたのだろうか。

少なくとも今日聞いた話は、できるだけ早いうちに、北町奉行依田《よだ》豊前《ぶぜんの》守《かみ》政次《まさつぐ》に報告しなければならない。

「どうかされましたでしょうか?」

思考の中に割って入るように、志丈の声が聞こえてきた。

「……いえ、あまりにすさまじい話をお聞きしたので、恐ろしさに我を失っておりました」

伊助の返事に満足したのだろうか。志丈は、

「それでは、これから薬のほうをお作りいたしましょう。今日は気分が良いので、良い薬ができそうな気がいたしまする」と、得意気に笑っている。

その日の気分で、薬の出来不出来が変わったりするものだろうか。

伊助は一抹の不安を感じながら、買った薬は決して口にはしないでおこうと心に決めた。


翌日。

山本志丈から聞かされた話を、風聞書《ふうぶんがき》にまとめて奉行所に出した伊助は、

「旦那……亀島《かめしま》の旦那」と、常盤橋《ときわばし》門を出たところで声をかけられた。

振り返ると案の定、黄《き》八丈《はちじょう》の着流しに身を包んだ依田豊前守が、手招きをしている。

伊助はそれだけで、どっと疲れた表情になった。

「どうされました、亀島の旦那!?」

「いや、おぶ……お前、政吉《まさきち》は相変わらずだなあと思って」

御奉行様と言いかけて、慌ててお前と言い直す。

そんな伊助の様子に、政吉こと依田豊前守はニヤリと笑った。

「今日はもう、おしまいですかい？」

「ああ、さっき風聞書を出してきたからな」

御用聞きと話をする隠密廻り同心らしく振る舞ってはいるものの、伊助の態度はどこかぎこちない。

「ああ、それなら……」

政吉は言いかけたところで伊助の耳元に口を寄せ、

「それなら先ほど読んで参った。その後に根津《ねづ》に行ってきたから、今日は遅くなってすまんかったな」と、囁《ささや》きかけた。

「なぜ、根津に……」

「風聞書にあった伴蔵《ともぞう》という男のことが気になって、住んでいたという長屋に行ってきたのだ。しかし、もはやもぬけの殻だった」

「左様でございましたか」

依田豊前守は、仕事が早い。派手な事件の解決はないが、着実な仕事ぶりで、大岡越前守《おおおかえちぜんのかみ》以来の名奉行になるのではないかと噂《うわさ》されているだけのことはあると、伊助はつくづく思う。

「ここではお主も話をしにくいであろう？　場所を変えるか」

依田豊前守から提案され、伊助はホッと安堵したように肩の力を抜いた。

人目のあるところでは込み入った話が難しいということで、二人は亀島川の近くにある伊助の組屋敷に向かった。

屋敷に入ると、伊助の妻のお栄《えい》が、バタバタと奥のほうから出てきた。

「あら、政吉さん。いらっしゃい。ごゆっくりなすってくださいな」

さすがにこの政吉が、北町奉行依田豊前守だとは言えない。正体を知らせていないおかげで、お栄はすっかり伊助の御用聞きだと思い込んでいる。そればかりか、

「本当にうちの人も、政吉さんくらい愛想が良い人だといいんだけれどねえ」などと、軽口を言っている。

組屋敷では、御用聞きがいつやってきても良いように、いつでも妻が食事や茶の用意をしているのが常になっている。伊助も隠密廻り同心という立場上、いちおうは何人かの御用聞きを抱えているため、人の出入りがないわけではない。

それでも、ときおりこうして夕暮れどきにやってくる政吉を、お栄のほうでも気に入っているようだった。

「安心いたせ。お主の妻《さい》を盗るようなことはせぬからな」

お栄のいる竈《へっつい》までは声の届かない奥の座敷に入るなり、笑いながら放たれた依田豊前守の言葉は、伊助にとって、冗談とも本気ともつかないように聞こえた。

ようやく落ち着いたところで、伊助は山本志丈から聞かされた話の詳細を、依田豊前守に報告した。風聞書には書ききれなかったことが少なくなかったため、かなりの部分を補って話すことになった。

隠密廻り同心は、奉行の直属。だが、奉行所ではそうそう会って話をすることができない。

だから、こうした形であっても依田豊前守と面会できるというのは、伊助にとってはありがたかった。

ひととおり話を聞き終えると、依田豊前守はじっと考え込んだ。

「……今の話、その志丈という薬師は、どうやって知ったのであろうな」と、ぼそりと言った。

「どうでしょう。志丈という男が萩原新三郎とともに、飯島《いいじま》の別邸に行ったというのは、間違いのない事実かとは存じます」

「つまりそれ以外の、志丈が直接目にしたわけではない部分は……」

「志丈からは又聞きで聞かされておりますので。もし話ができるとしたら、中に出てきた、伴蔵という男を除いてはおりませんでしょうね」

「その伴蔵という男は？」

「共に萩原の店子《たなこ》をしていた白翁堂勇齋《はくおうどうゆうさい》によれば、生まれの栗橋《くりはし》に戻ったとのことで。どうも店を始めたらしく、仕入れのためにときどき江戸に顔を出しているという噂もあります」

「江戸に？」

「なんでも、江戸で安く仕入れた小間物を、周りの店よりも安く売っているとのことで。どうしても江戸で仕入れたものは、他の土地では高くなりますから、それなりに繁盛しているという風聞がございます」

「うーん……しかしなあ…………」

再び、依田豊前守は黙り込んだ。

その理由を、伊助もなんとなく察していた。

伴蔵という男について調べようにも、仕置にできる根拠がないのだ。

延享《えんきょう》二年に定まった『公事方御定書《くじかたおさだめがき》』は、依田豊前守のもとにある。その五十六番目に「盗人御仕置之事」とあり、鍵を破って盗みを働いた者は死罪、戸締まりの緩い留守宅などで盗みを働いた者は、死罪よりも軽い刑――遠島か、あるいは重追放となる。

これが定まってからというもの、町奉行の仕事はずいぶんと楽になった。江戸に罪人が出たときには、奉行がその都度仕置きを考えるのではなく、御定書に従って粛々と罪人を処罰していけば良いのだ。

けれどももし伴蔵が話していたことが本当であるなら、どのような仕置ができるだろう。萩原新三郎を殺したのは、幽霊である。幽霊をお仕置きすることなど、できるはずもない。可能性があるとすれば、幽霊が新三郎を取り殺そうとするのを、手助けしたことだ。けれども、伴蔵自身が幽霊から脅かされていたと考えれば、酌量の余地がある。それに、幽霊から百両を金を巻き上げたことは、それが本当であるなら罪に当たるとは思えなかった。

あえて伴蔵を罰するために調べを進めるのなら、海音如来《かいおんにょらい》を盗み出した件だろうか。

それも、鍵を破ったわけではないのだから、少なくとも死罪にはできない。その如来像がどれほどの価値のあるものかわからないため何とも判断しにくいが、おそらく遠島でも難しく、重追放くらいが関の山だろう。

それも、もし既に栗橋に移り住んでいるとすれば、そこは日光道中になる。日光道中へ罪人を送るのは重追放に当たるから、伴蔵は既にみずから進んでこの刑を受けてしまっていることになる。江戸に仕入れに来るときに捕らえることはできるかもしれないが、できるのは江戸から追い払うくらいなので、効果があるとは思えない。

「御定書は便利ではあるのだが……」

依田豊前守も伊助と同じことを考えているらしく、苦々しい表情でじっと腕を組んだ。

御定書の内容は、寺社奉行、勘定奉行、町奉行の他は、ごく限られた人間しか見ることができない。もちろん、その内容は町人たちには知らされていない。

けれども、誰か罪を犯したものが出ると、どれくらいの仕置になったのかが、悪い連中のあいだでなんとなく伝わる。そのため、もし近くに同じような罪を犯した者がいたり、罪人の仕置きについて聞いたことがあったりする者があれば、何か似たような悪いことをしたときに自分がどうなるかをだいたい察することができる。そうなれば、捕方《とりかた》の手が自分のところまで伸びてくる前に、それを避ける方法を考えることができてしまう。

もしかすると伴蔵というのは、自分が犯した罪と、それがどういった仕置きになるのかを知っていて、その上で栗橋に居を移したのではなかろうか。

伊助には、そんな疑問さえ湧きあがってきた。

もっとも、そんなことを思いつくのは、よっぽど手慣れた悪党であるはずだ。はたして伴蔵というのが、それほどの悪党なのだろうか。

少なくとも、幽霊にビクビクと恐れを成していたという話を聞く限り、そうした人物だとは思えなかった。志丈の話が本当であるならば、どちらかというと妻のお峰《みね》のほうが欲に駆られ、伴蔵を操っていたように思える。

それにお露《つゆ》という女も、新三郎に向けた恋の欲望が高じて幽霊になったのだという。

そう考えると、何より恐ろしいのは人間――それも女という生きものが持つ、欲望と執念ではないだろうか。

伊助にはだんだんとそのように思えてきた。

「こうなると、お露という女の幽霊に、話を訊《き》きでもするしかないでしょうか」

独り言のように声に出す。

「どうであろう。萩原殿と一緒に横たわっていた亡骸がその女のものであるなら、既に黄泉《よみ》の国に旅だってしまったかもしれぬな」

依田豊前守は、ぼんやりと口に出した。

「萩原殿と一晩を共にすることができて、満足だったということでしょうか」

「どうかのう……女というのは、そうそう簡単なものではないからな。お主も妻を持っているのなら、知っているであろう?」

ニヤリと笑った依田豊前守の表情に、伊助は苦笑した。

自分の妻のお栄は、いつも不満一つ言わずによく働き、自分の面倒を見て相手をしてくれる。それでもときどき、どういうわけか急に不機嫌になって、取りつく島もなくなることがある。そういうときは一日二日放っておけば、気が付くとすっかり元通りに戻っていたりする。けれども、いったい何が原因でそうなっているのか、伊助には見当もつかないことが多かった。

「萩原新三郎殿の一件については、いろいろと気になるところもないわけではないが……ひとまず、同じ飯島家で起こったもう一つの事件について調べていくと、一緒に何かわかるかもしれぬな」

その言葉に、伊助はハッとした。

そういえばもう一つ、調べなければならないことがあったのだ。

飯島家の別の事件……つまり、お露の父親である飯島平左衛門《へいざえもん》が、隣家に住む宮野辺源次郎《みやのべげんじろう》に殺されたというものだ。

宮野辺源次郎は、飯島平左衛門の妾《めかけ》だったお国《くに》とともに、江戸から逃亡している。そのため幕府の御目附《おめつけ》は、この二人が以前から密通しており、夫婦《めおと》になるために、邪魔だった飯島平左衛門を殺したということで片付けてしまった。

この件について、もう少し調べてほしい。

伊助は依田豊前守からそのように言われていたものの、こちらの事件のほうはまだ手を付けることができていなかった。

「申し訳ございませぬ。こちらの件につきましては、改めまして……」

伊助がそう言って首《こうべ》を垂れた。しかし、

「お主には、多くのことを頼んでおるでな……一人の人間が、そう易々といくつものことを同時にできるわけはなかろう」と、気に留めている様子もなかった。

「しかし……」

顔を上げはしたものの、伊助は次の言葉を継ぐことを躊躇《ためら》った。

確かに同心一人では、いくつもの仕事をこなすことができない。

けれども、だからこそ隠密廻り同心は三十俵二人扶持《ぶち》の俸禄をもらい、御用聞きを抱えることになっている。そのため、もう少し自分が周りの人間を上手く使いこなすことができていれば、いくつもの調べを抱えていたとしても、同時に進めることができたはずなのだ。

その様子を見て、依田豊前守は大きく息を吐いた。

「なあに、今からでも調べを進めれば良かろう」

「それでは、明日にでも私めが……」

「だからお主は頭が固いというのだ。お主の目の前に今、一人、御用聞きがいるであろう？その者を使えば良いというのに」

伊助はすかさず、頭を上げた。

依田豊前守は何か悪さを思いついた餓鬼大将ででもあるかのように、悪戯っぽい笑みを浮かべている。そのままの表情で、続けた。

「伊助様、この御用聞き政吉を、どうか使ってやってくだせえまし」

そのひと言を言われてしまうと、もう伊助はこれ以上、依田豊前守を止めることはできなさそうに思えてならなかった。


「亀島の旦那は、幽霊が百両を運んでくるなど、できたと思いやすかい？」

牛込《うしごめ》の街を歩きながら、政吉が伊助に訊《たず》ねた。

伊助はふだん市中を回るときと同じように、商家の手代らしい格好をしている。そして依田豊前守のほうは、既に夕刻を過ぎているため、この日も黄八丈を身にまとって御用聞きらしい出で立ちでいる。

このところ伊助は、依田豊前守が裃《かみしも》を着て政務に当たっている時間よりも、こうして御用聞きに扮《ふん》していることのほうを多く目にしているような気がする。眼前にいるのが北町奉行だという思いは拭いきれないものの、こうした依田豊前守の振る舞いにもだいぶ慣れてきていた。

「幽霊には体がないから、そもそも金子《きんす》を持つことなどできないと思うのだが……」

けれども、と、伊助は思い直す。

志丈が聞いたという話が確かならば、牡丹灯籠を提げたお米《よね》とお露の幽霊は、駒下駄の音を響かせていたというのだ。だとすると、体を持った幽霊だったのだろうか。

確かに、萩原新三郎の亡骸の側には、別の女の亡骸が横たわっていた。この亡骸が夜な夜などうにか通ってきており、それを萩原新三郎がお露という娘の美しい姿と幻視していたのならば、あるいは体を持った幽霊ということもあるかもしれない。

それでは、もう一人――お露といつも行動を共にしていたお米の幽霊は、いったいどこへ行ったのだろう。百両の金子を運んだとすれば女中のほうだろうから、こちらの幽霊の亡骸もどこかにあるかもしれない。

「萩原新三郎殿の亡骸がみつかった後、お露という娘の墓を掘り返したら、亡骸がなくなっておりましたので……おそらくあの亡骸は、お露のものに相違ないであろうな」

伊助が言うと、政吉は、

「お露という娘に、何か特徴がありゃあ良かったんですが……」と、腕を組む。

「というと?」

「蘭学《らんがく》では、人間の亡骸を解剖して、臓物や骨がどうなっているかを観察するということが行われているそうなんでさ。人間の骨には、どこかが一本足りないとか、歯の数が違うとか、どこかが折れているとか、一人一人何かしらの特徴を持っていることがあるんだとか」

「なるほど……」

もしかすると、江戸でもいつか蘭学者が、こうした知識を本にする日がくるかもしれない。

政吉がそう言い足すと、伊助は唸《うな》った。

　こうした事件が起きたとき、自分たちはどうしても、市中での風聞や、事件を見た人間の証言に頼って調べを進める。もし、蘭学を使うことができるようになれば、何か事が起きたときに、もう少し道理に適《かな》った調べが進められるかもしれない。

牛込は、徳川家康《とくがわいえやす》公が江戸城に入られる前から開けていた古い街だ。

牛込見附《みつけ》と小浜藩《おばまはん》酒井《さかい》家の屋敷へと続く神楽坂《かぐらざか》は、ところどころが階段でできているほど、急な坂になっている。

坂に少し入ると、北側に武家屋敷、南側に町屋が並んでいる。

公の仕事であれば、北側の武家屋敷に向かうところだ。

けれども伊助と政吉の二人は南側に折れ、狭い路地へと入っていた。

牛込の街は、狭い。

一軒一軒が独立した町屋の中に埋もれるようにして、長屋が建っている。

路地を進み、裏手のほうに回ったところで、二人は立ち止まった。

政吉が、長屋の入口を叩《たた》く。

中から声が聞こえて出てきたのは、まだ若い女だった。

「あら、いらっしゃい。政吉さん」

女は政吉の姿を認めるなり、声の調子を高くした。

既に何度もこの家に通って、顔馴染《かおなじ》みなのだろうか。

「お友達と御一緒ですか？」

「ああ、こいつは伊助と言うんで。ちょっと辛気くせぇが悪い奴じゃないんで、仲良くしてやってくんな」

「あら、お手代さんと知り合いだなんて。こんなところで、申し訳ないですねぇ」

「親方はお仕事で？」

「仕事から帰ったと思ったら、すぐに風呂に行ってしまって。そのまま碁でも指してくるでしょうから、一時《いっとき》くらいは戻りませんよ」

政吉とのやりとりを聞いている限り、長屋のお上にしてはずいぶんと品のある女だと、伊助は思った。

それもそのはずで、聞けば女はお竹《たけ》といい、つい先頃まで飯島平左衛門の家で女中として奉公していたのだという。

平左衛門が宮野辺源次郎に殺されたことにより、飯島家は断絶となった。そのため働く先もなく里に戻ろうとしていたところで、この長屋に住んでいる大工の親方との縁談が降って湧いてきた。今さら里に戻る気などなかったお竹としては、これ幸いと早々に縁談をまとめてもらい、今は職人の妻としてこの長屋に住んでいるのだという。

「お竹さんが奉公をしていたときの話は、面白いからな。この伊助の野郎にも聞かせてやろうと思って」

政吉はそう言ってニッカと笑うと、チラリと伊助に目配せをした。

「手前の店はお武家様ともやりとりをさせていただいておりますので。ぜひとも、お聞かせ願いたいですな」

伊助が朗らかに声を出すと、

「あら、やだ。いい男に頼まれたら断れないねえ」と、お竹は少し照れたように顔を赤らめた。

＊　＊　＊

飯島平左衛門が宮野辺源次郎に殺された事件を語る上では、寛宝《かんぽう》三年の四月十一日に起きた事件まで遡《さかのぼ》らないといけないそうだ。

この日は湯島《ゆしま》天神の社で、聖徳太子《しょうとくたいし》の御祭礼が行われていた。そのため、湯島は参詣に来た人々でごった返しており、その群衆は本郷《ほんごう》三丁目の辺りまで広がっていたという。

ここには、長く続いている藤村屋新兵衛《ふじむらやしんべい》という刀屋がある。その店先に立ち止まった若侍が、当時は飯島平太郎《へいたろう》を名乗っていた、後の平左衛門だった。

付き添いの家来を後ろに控えさせて並んでいる刀を眺めていると、

「本日はたいそう人が出ましたから、埃《ほこり》が出ておりまして」と、店主は恐縮して刀に付いた塵《ちり》を払いながら、平太郎に一口《ふり》の刀を手渡した。

黒い色の束に南蛮鉄の鍔《つば》が付いた、立派な品だ。

「少々、装飾《こしらえ》が破れておるな」

「中身のほうは、たいそう良いものでございます。装飾が破れておりますのでお値引きいたしますので、お買い得ではないかと」

そう言われて、平太郎は刀をするりと引き抜いた。当時の平太郎は、真影流《しんかげりゅう》を極める前の修行中の身ではあったものの、この頃からずいぶんと刀の扱いには手慣れていたという。

「備前《びぜん》物か……」

「さすが、お目利きでいらっしゃいますな。銘は入っておりませんが、天正《てんしょう》助定《すけさだ》で間違いなかろうと、仲間の者も申しております」

「御亭主、これはいかほどするのかな」

「へい、ありがとう存じます。銘さえ入ってございますればもう少し値打ちもあるのですが、無銘でございますして、装飾も破れておりますので、金十枚でいかがでしょう？」

「十両か……少々高いな。七両半には負けられないか？」

「それだと、どういたしましても損が出てしまうもので。なかなか……」

刀身に怯《おび》えるように店主がまごまごしているそのとき、平太郎の後ろのほうで、

「やい、何をしやがる」と、罵声が響いた。

平太郎と店主は、同時に、声が聞こえたほうに目を向ける。

一人の侍がふらふらと蹌踉《よろ》けて尻餅をついたかと思うと、ゆっくりと起き上がって、突然、平太郎の家来に殴りかかった。

いきなりの出来事に、中間《ちゅうげん》は一間ほども吹き飛ばされる。

抜き身の刀を持ったまま、平太郎は慌てて二人のもとに駆け寄った。

「家来が何をいたしたか存じませんが、たいそう失礼をいたしました。当人に成り代わりまして、私めがお詫《わ》び申しまする」

平太郎は平身低頭に謝罪をした。

「なに……そのほうの、家来だと？　家来であれば、主人の側を離れずにいるのが当然、こうして往来に出て通行の妨げになっておるから、拙者にぶつかるのだ」

どうも武士は、だいぶ酔っていたらしい。湯島の出店で、かなり酒を飲んだのであろうか。

「このとおり、何の弁《わきま》えもない、犬同様の者でございますゆえ、何卒御勘弁を」

「ははは、これは面白い。犬の供を連れて歩くとは。それに、家来の不調法を主人が詫びるのであれば、首を土に着けて土下座しなくてはならんだろう？　それに何だ、お主は？　太刀を抜いたまま詫びるとは」

「申し訳ございませぬ。店で刀を見ておりましたもので」

そのときの平太郎の声には、既に苛立《いらだ》ちが含まれていた。

生来、癇癪《かんしゃく》持ちの性格である。慇懃《いんぎん》に謝罪をすることでさえ稀であるのに、三度目の謝罪でもまだその場が収まらなかったのだ。

やがて――

「おい、喧嘩《けんか》だ喧嘩だ」と、人だかりができ始める。

周囲に集まった町人たちが、ざわざわと騒ぐ。

その中から、声が聞こえてくる。

「あの侍、刀が高くて買えなかったんだろうよ。あのような細身では、持っていても斬れないだろうしなあ」

「なあに、あれは剣術など知らぬのだろう。ただの腰抜け侍だ」

次の瞬間、ギラリと刀身が鈍く閃《ひら》いた。

「なんだ、斬るのか？　斬れるものならやってみろ」

武士は戯《おど》けたように、平太郎を挑発する。

けれども、平太郎はその言葉に応《こた》えなかった。

太刀を中段に構えると、武士が身構える暇《いとま》もなく、大きく振り上げて大きく足を踏み出す。

そのまま肩から袈裟《けさ》懸《が》けに、一刀を浴びせた。

ズドンという低い音が辺りに響いた。

斬られた男の体がゆらりと揺れたかと思うと、平太郎はくるりと身を翻し、太刀を薙《な》ぐようにして武士の胴に斬りつけた。

真っ赤な血潮が吹き出し、四方に降り注ぐ。

武士がそのまま、地面にドサッと倒れる。

平太郎は体を真紅に染めながら、先ほど小声で話していた町人をギロリと見た。するとその男は、ヒイッっと小さく悲鳴をあげ、全速力で走って逃げていった。

周囲の人だかりも、蜘蛛《くも》の子を散らすよう逃げ出してしまう。

……気が付けば、誰一人いなくなった辺りは静まり返っていた。

ただ一人、逃げ場を失った藤村屋新兵衛の店主だけが、ぼんやりと店先に立ち尽くしていた。呆然《ぼうぜん》として、我を失っているらしい。

「すまぬが……そこにある桶《おけ》の水を、この刀にかけてくれぬか？」

平太郎が言うと、店主はようやくハッとして、慌てて桶に駆け寄った。震える手で柄杓《ひしゃく》を持ち、侍の体に掛からぬよう、恐る恐る刀身を水で濡《ぬ》らす。

「たいそうとんでもないことになりました……もしこれで、お侍様のお名前でも出るようなことがあっては、申し訳ございません。私めが、そうそうに七両半でお渡ししていればよろしかったのですが」

「いや、案ずるに及ばぬ。酔って市中を騒がせた狼藉者《ろうぜきもの》。斬り捨てても、惜しくはあるまい。それにしても、この刀はなかなか斬れるな」

血腥《なまぐさ》さを漂わせたまま泰然としている侍に、亭主は震え上がった。

「いかがでございましょう……こうして人の血に濡れてしまいましたから、七両二分でお渡しいたしますが」

「相すまんな。では、お主の店に何か迷惑があってはならんから、名刺《なふだ》を書こう。墨と硯を持ってきてはくれまいか」

平太郎は店主から渡された筆を取り、紙に大きな文字で飯島平太郎と名を記した。

そのまま町奉行所に刀を携えていくと、斬った相手は黒川孝蔵《くろかわこうぞう》と言い、丹波《たんば》国園部藩《そのべはん》の下屋敷で御馬廻《おうままわり》の役を勤め、百五十石の侍だったという。話はすぐに、平太郎の父である先代の飯島平左衛門と、園部藩藩主の小出《こいで》氏に伝わったが、罰せられるどころか、むしろ泥酔した狼藉者をよく斬ったということで何のお咎《とが》めもなく、そのまま事件は落着したのだという。


飯島の屋敷に、孝助《こうすけ》という若い男が草履取《ぞうりとり》として入ったのは、飯島平太郎が家督を継いで平左衛門を名乗るようになってから、しばらく経《た》ってのことだった。

孝助は非常によく働く上、男ぶりが良いこともあって、飯島の屋敷で働く女中たちのあいだでも評判が良かった。また、主《あるじ》の平左衛門も一目を置いていたのだという。

ある日、平左衛門はちょうど手空きのときがあって、孝助に声をかけた。

「お主は、孝助と申したか？」

平左衛門に呼ばれて、孝助はひどく平身低頭した様子だったという。

「はい。ご機嫌よろしゅうございます。私は孝助と申す新参者にてございますゆえ、どうぞお見知りおきくださいますよう」

「ははは、そう畏まらなくても良い。陰日向なくよく働くと、皆の者も申しておる」

「殿様は先日、御不快であらせられましたようで……ご案じ申し上げておりました。御気分はよろしゅうございますか？」

「ああ……」

孝助の言葉に、平左衛門は苦笑した。

妾のお国と娘のお露があまりに仲違いをするため、柳島《やなぎしま》に別邸を買い、女中のお米《よね》をつけて住まわせたところだった。

お竹《たけ》の話によれば、お露は器量も良いし気立て良く育っていたのだが、女中たちのあいだでは少し扱いが難しいと思われていたという。

ひとことで言えば、感情の量が多い。

怒るにしろ、悲しむにしろ、喜ぶにしろ、楽しむにしろ、何かあるたびにそのときどきの人情が、強く表に出てくる。そのため、良く思っている相手とはすこぶる良い関係を持つことができるどころか、非常に執着するのだが、悪く思っている相手とはどこまでも反りが合わない。

お国とは、まさにその悪いほうに出てしまっていた。

お露とお国の双方から愚痴を聞かされる平左衛門は、そのたびごとに持ち前の癇癪を発揮して、不機嫌になっていたそうだ。孝助に声をかけた前日は、ちょうどお露に用事があって柳島の別邸を訪れていた。

「人柄もだいぶ良いと見えるし、草履取にしておくのは惜しいものだな。今まで、どこかで奉公しておったのか？」

平左衛門は前日の不愉快が思い起こされてしまったのを打ち消すように、話題を変えた。

「はい。四ッ谷《よつや》の金物屋から始めて、新橋《しんばし》の鍛冶屋、仲通《なかどお》りの絵双紙屋と渡って参りました」

「ううん……そのように飽きておっては、奉公はできないぞ」

「いえ、そうではないのです」

「どういうことだ？」

「実は、どうしてもお武家様で奉公がしたいという望みがございまして……」

平左衛門に向かって、孝助はその理由を申し述べた。

「剣術を身に付けたいのです」

聞けば、孝助が飯島平左衛門のことを知ったのは、番町《ばんちょう》にある栗橋《くりはし》家の奉公人に知り合いがいて、平左衛門が真影流の奥義を極めた名人だと教えられたのだという。そのため、以前からここで奉公をしたいと願っていたところ、ちょうど草履取を探しているという話を聞きつけて、すぐに願い出たということだった。

「御当家に若君様でもいらっしゃいましたら、お世話をしながら皆さまがお稽古遊ばすのを拝見いたしますれば、真影流の型くらいは身に付けられるように存じております。しかし、若君はおられず、お嬢様は柳島の別邸におられます……どうか、お暇の折で構いませんので、私めに剣術の稽古をつけて頂けませんでしょうか？」

懇願をするように、孝助は深々と首を垂れた。

平左衛門は、ふと考え込んだ。

この孝助という男、町人にしては言動があまりに洗練されている。

「確か、お主の父上は商売をしていたといったな。どのような商いをしておったのか？」

平左衛門は、何気なく訊ねた。

「商売をしている父は、育ての父です。本当の父は、武士であったと聞き及んでおります」

「なるほど……それでお主は、町人らしからぬ振る舞いをしておるのだな。では、母親は？」

「母は私が四歳のとき、私を置き去りにして越後《えちご》の国に行ってしまったとのこと」

「それは、ずいぶんと不人情な母だな」

「いえ、実の父のほうが、身持ちが悪かったのです。愛想を尽かして、出ていったのではないかと」

「では、その実の父というのは？」

「既に亡くなっております。私には兄弟や親類もございませんでしたので、誰も育てる者がないため、父が持っていた長屋の店子《たなこ》に預けられ、御当家様に御奉公に参ったのでございます」

孝助は今にも涙を流しだすのではないかという様子で、懇願するように申し出た。

「感心な奴だ。この頃は、父親の忌日も知らずに暮らす者が多いというに。父上はいつ頃亡くなられたのか?」

「はい、ちょうど母が越後へ逃げ出した直後でございます」

「それでは、父の顔も覚えておるまいの」

「私が十一歳のときに育ての父から聞かされました。本当の父は、斬り殺された、と」

「斬り殺された?」

「ちょうど湯島天神の社で聖徳太子の御祭礼があったとき、本郷の街中で旗本に殺されたと聞いております。身持ちが悪かったとのことなので、あるいは父に非があったのだろうとも存じますが、父が討たれたとなれば仇討《あだう》ちをするのが子の務め。しかし、父を斬ったお相手というのが剣術の手練れとのことでございますので、どうしても剣術を身に付けたいと、幼少の頃よりずっと思い続けておりました」

「そうか……それで、武家で奉公がしたかったのか」

孝助の話を聞いて、平左衛門は内心でドキリとしていた。それでも、努めて冷静さを装いながら続けた。

「して、お主の父上、名は何と申す?」

「はい。元は小出様の御家来にて、お馬廻の役を務めておりました、黒川孝蔵と申しました」

飯島平左衛門は、じっと孝助を見据えた。

——やはり、若い時分に本郷三丁目の藤村屋新兵衛の前で斬り殺した侍の実子であったか。

しかし、あの黒川孝蔵という男は、肌の色も浅黒く、目は丸くて黒目がちで、ギョロリと相手を睨《ね》め付けるような人相をしていたように記憶している。目の前にいる孝助のような、一重瞼《まぶた》の色男とは、ずいぶん面体が違っている。この実直な性質といい、顔も内面も、母親に似たのだろうか。

周囲にいた女中たちが見るに、平左衛門の表情は明らかに動揺していた。

しかし、孝助はずっと頭を地面に擦《こす》りつけるようにしてひれ伏している。そのため、おそらくは平左衛門の様子に気が付かなかったのだろう。

それでも、やはり真影流の奥義を極めた名人だった。すぐに冷静さを取り戻すと、孝助に顔を上げさせておもむろに言った。

「相わかった、そなたに剣術を教えてやろう。そして、もし敵が何者か知れたときには、この飯島が助太刀をいたして、きっと敵《かたき》を討たせてやる。だから、これまで通り熱心に奉公してくれるか?」

その言葉に、孝助は打ち震えた。

「ありがとう存じます！　この黒川孝助、飯島様に誠心誠意お仕え申しますゆえ、どうか……

どうか今後ともよろしくお願い申し上げます」

そう言って孝助は、ただひたすらに恐縮をして、何度も頭を下げた。

「ははは、愛《う》い奴だ。それほどまで、俺が助太刀するのが嬉《うれ》しいか」

飯島平左衛門は笑いながら、孝助の言葉を聞いていた。

しかし次の瞬間、孝助に背を向けると、やや曇った表情をして小さく息を吐いていた。

＊　＊　＊

「相川《あいかわ》孝助が、飯島平左衛門に仇討ち……？」

お竹の話を聞いた伊助は、呟《つぶや》くように声を漏らした。今は商家の手代に扮していることも忘れたように、腕組みをして考えを巡らせている。

「な、伊助。この姐《ねえ》さんの話、おもしれえだろ？」

政吉は、相変わらず御用聞きらしい様子で、伊助に話し掛けた。

その言葉に伊助はハッとして、

「……それで、その孝助というお方は今、どうなされておるのでしょうな？」と、訊ねる。

するとお竹は、

「どうだろうねえ。今は相川様の御養子になられたから」と、体を大きく延ばしながら答えた。

「ああ、そうでございましたな」

「水道端《すいどうばた》に住んでいる旗本の相川新五兵衛《しんごへえ》様にお徳《とく》さんって一人娘がいらしてね、そこに婿《むこ》入りなさったんだよ」

お竹が言うと、政吉は伊助に目配せをした。

おそらく彼のことだから、この後で相川の屋敷を訪ねる手筈《てはず》は、既に整っているのだろう。

「孝助さん、良い人だったからねえ。もし町人だったらあたしが一緒になりたかったくらいなんだけれど、お武家さんになったんじゃあしょうがない」

お竹は笑いながら言うと、

「飯島のお屋敷で孝助さんのことを嫌っていたのは、お国さんと、その周りにいた男どもくらいかな」と、天井をぼんやりと見上げて、思い起こすように言った。

その言葉に、伊助はすかさず反応をする。

「嫌われて……おられたのですか？」

「ああ、孝助さんは忠義に厚かったからね。お国さんは愛想はすごく良いんだけれど、裏ではいろいろやっていたよ。女中たちはそのことに気づいてたから、飯島様がお妾になさるのには警戒してたんだ」

「その話、なかなかに面白そうですな」

伊助と政吉は、興味深そうに身を乗り出した。

お竹は、もともと女中だった女の常として、よほど噂話が好きなのだろう。

「このお国さんっていうのが、なかなか一筋縄ではいかない人でね」と、ニヤッと笑ってから、なぜか声を潜めるようにして話を続けた。

＊　＊　＊

飯島平左衛門が女中のお国を妾とするようになったのは、妻が亡くなってしばらく経ってからのことだった。

このお国という娘は、ひと言で言えば、男の前にいるときと女の前にいるときとでまったく違った態度になる女だったという。

男の前にいるときは、妙に媚びたような態度で気持ちの良い応対をする。だから男たちは何度か言葉を交わしただけですぐに気を許してしまう。

特に、女に慣れていないような堅物は、本気でお国に惚れてしまうことも少なくなかった。屋敷に仕えている者から、屋敷に出入りしている商人、果ては振り売りに至るまで、お国に恋をする男には事欠かなかった。

一方で女と話をするときには、噂話に悪口雑言、自分に惚れている男たちへの愚痴と、ひどいものだった。

だから飯島平左衛門がお国を妾としたとき、屋敷に仕えていた女たちにとっては、大方そうなるだろうと予想していたと同時に、いちばん避けたかった事態だったという。

そう考えると、飯島平左衛門の娘であったお露は、このお国と反りが合わなかったというわけではない。こうしたお国の態度のことをよく叱責《しっせき》していた。けれどもお国には、平左衛門という後ろ盾がある。だからお露の小言にも不機嫌な態度にも、まったくめげないどころか、むしろみずから進んで対抗していたのだという。

そんなお国には、飯島平左衛門の他にも別の男の影があった。

他ならぬ、宮野辺源次郎——飯島平左衛門を殺した咎でお尋ね者になっている、隣家の次男坊である。

武家の次男坊は、どこかへ養子でも行くのでなければ、居候をして日がな一日ぶらぶらと過ごしているしかない。この源次郎という男も多分に漏れず暇な毎日を過ごしていたが、顔立ちだけは母親に似たのかどこか色気があった。金さえあれば吉原《よしわら》にでも出ていそうな、若旦那といった風情である。

鈍感な男たちは、この源次郎とお国との関係には気が付かなかった。

けれども屋敷にはただ一人、このことに気が付いている男がいた。

それが孝助だった。

孝助は、平左衛門から剣術の指南を受け始めると、みるみる上達していった。

もともと筋が良いのか、あるいは平左衛門の教えが良かったのか。

平左衛門の屋敷は真影流道場があって、指南を受けるために多くの武士たちがやってくる。幼い頃から長年の教えを受けている者も少なくなかったが、その中に入っても引けを取らないほど、孝助は腕を上げていった。

自分の草履取で優秀な剣術の弟子となれば、男子がいない平左衛門にとってはことのほか可愛かったのだろう。

平左衛門が孝助を愛《め》でることはしだいに深くなり、孝助のほうでも忠義をもってその恩に答えた。二人はまるで本当の父子のように、何かにつけて行動を共にするようになっていった。

そんな夏のある日。

この日はお泊まり番のために、主人の平左衛門が屋敷を留守にしていた。

暑さのためになかなか寝付くことができなかった孝助は、団扇を持って庭に出ると、ふらふらと当てもなく歩いていた。

すると不意に、バタリバタリと、音が聞こえる。

見ると、板塀の扉が、風に煽《あお》られていた。

夕方には確かに閉めたはずなのに、どうして開いているのだろう。

不思議に思って周囲を見渡すと、どこからか囁き声が聞こえてくる。

こんな時間に、どうしたのだろう。あるいは、盗人にでも入られたのだろうか。

孝助は声が聞こえてくる方向に、そろりそろり、歩き始めた。

だんだんと、話している内容がはっきりしてくる。どうやら、男女が話し合っているらしい。

ちょうど飯島の殿様が留守にしている折に、屋敷の男が扉を開けて、外から女でも引き入れたのだろうか。

そう思って、声がする座敷の脇で息を潜めた。

中から聞こえてきたのは、甘ったるい声だった。

「源次郎様……今日はたいそう、遅かったじゃありませんか」

それを聞いた瞬間、孝助はすぐに、お国が源次郎を引き入れたものと気が付いた。

「本当は早く来たいのだがね。兄上も姉上も、お母様も、お休みにならなかったものだから」

「大丈夫ですよ。殿様があなたを御贔屓《ごひいき》なさっているのですから、堂々と入ってきなさいな」

源次郎は数年前、吉原で遊んで金が払えなくなって勘当され、大塚《おおつか》にある親類に預けられたことがあった。それが許されたのは、伯父に当たる飯島平左衛門が、源次郎の父親を説得したからだという。

「伯父さんには世話になったからね……これ以上、迷惑はかけられない」

「あら、やだ。私と良い仲になっておいて、今さら迷惑だなんて」

「いや、それは……」

「殿様はこのあいだお嬢様を外へ出されたのですから、お世継ぎがいないのです。だったら、ぜひ自分を養子にしてほしいと、お願いされたらよろしいじゃありませんか」

お国の言葉に、源次郎は黙っていた。

しばらくしてようやく、

「断られたんだ。僕はまだ若くて了見が定まらないから、養子には入れられないって」と、遠慮がちに声を出した。

今度は、黙ったのはお国のほうだった。

二人で身を寄せているのだろうか、衣擦《ころもず》れの音が外まで響いてくる。

孝助は部屋から聞こえてくる音を一つたりとも逃さぬように、じっと耳をそばだてていた。

やがて――

「簡単なことですよ」と、お国の低い声が聞こえてくる。「殿様を殺してしまえば良いのです」

お国の目論見は、明白だった。

飯島の家には、世継ぎがいない。

だから、平左衛門が万が一急死したようなときには、家の者たちはその死を隠して、どこか手頃な武家の家から次男や三男を養子として迎えることになる。その養子に家を継がせることで、断絶を免れる。いわゆる、末期《まつご》養子《ようし》に迎えることになる。

「な……何を言ってるんだい。僕は飯島の伯父さんには、恩があるんだから」

「あら、その伯父さんのお妾に手を出しておいて、今さら何を言っているの？」

「それとこれとは、別の話だ。伯父さんを手に掛けるだなんて……まして伯父さんは真影流の達人だから、そう簡単には……」

「だったら、殿様と一緒に釣りにでも行けばいいじゃない。船頭くらいなら斬れるでしょう？その後で、殿様を川に落としてしまえば……」

二人がこそこそと話しているのを、草履取の孝助はじっと息を殺して聞いていた。

しかし、平左衛門を殺すという計画に、カッと頭に血が上る。

それでも、ここで癇癪を起こしていきなり飛び込まなかったというあたりは、主人である平左衛門との違いだろうか。

孝助はお国と源次郎の二人がいる部屋の扉《と》を叩き、

「相すみません、孝助でございますが」と、外から声をかけた。

中からは慌てたように、バタバタと物を片付ける音が聞こえてくる。やがて、

「どうしたってんです、こんな夜中に？　奥の部屋に草履取なんかが入ってくるなんて、おかしいだろう。それに今日は、殿様がお泊まり番だよ。お留守の日は、門さえ固く守っていればいいじゃないか」と、中からお国の声が聞こえてきた。

「はい……それが、今日は暑いせいか、どこからか虫が入ったようでございまして」

「虫？　そんなの、放っておきな」

「そうは参りません。門の扉を開いて、屋敷の外に草履を置いていってしまうような虫ですから、もしかすると奥にいる皆さまに御面倒をおかけする悪い虫なのではないかと」

「私を疑おうっていうのかい？」

お国が声を荒らげると、不意に扉が開いた。

驚いたのは、孝助のほうだ。

てっきりお国が出てきたと思ったら、目の前に立っていたのは、宮野辺源次郎だった。

「これはこれは、お隣の源次郎様。こんな時間に、どのような御用向きでしょう」

孝助がわざとらしく言うと、源次郎は、先ほど室内から漏れ聞こえてきていた態度が嘘のように、高圧的な態度になった。

「承れば、拙者とお国殿が何か事情があるとでも言うような口ぶり。そのように無礼を言いかけられては、捨て置きならんぞ」

その豹変ぶりに、孝助も内心で驚いていた。

しかしすぐに気を取り直すと、あくまで平身低頭に申し出た。

「やがては養子に出られる大切な御身の上なればとて、案じておるのでございます。こうして夜中に女のもとにいらしてなどおられましたら、御自身のお名前に疵《きず》がつくこともございましょう。男女七歳にして席を同じうせず、源次郎様ほどの方でしたら、こうした弁えはお持ちのことと存じます」

「黙れ、無礼者！　拙者は飯島殿からお手紙にて仰せつかって、こうして訪ねておるのだ」

源次郎は厳しい形相で言い放つと、胸元から何やら白いものを取り出し、孝助のほうに放り投げた。

孝助が手に取ると、どうやら封書らしい。

開いてみると、飯島平左衛門と源次郎とが、釣りに行くという約束を記したものだった。しかし釣り道具が古くて壊れているものが多いので、夜中でも構わないから修理に来てほしい。

そう記してある手紙は、どう見ても、飯島平左衛門の手跡だった。

源次郎は続けた。

「今宵は暑くて眠れんから、夜分でも構わぬとの飯島殿のお言葉によって、こうして参ったのだ。しかるに、女と通じているかのような疑念を掛けられるなど、はなはだ迷惑至極。貴様、この落とし前をどうしてくれるつもりか……そこへ直れ！」

大声で言い放つと、源次郎は部屋の隅にあった太刀を手に取った。

そのまま抜くこともせず、鞘《さや》で孝助を滅多打ちにする。

二度、三度、四度……。

源次郎が孝助を打擲《ちょうちゃく》する鈍い音が、当たりに響いた。孝助は体を丸めてはいるものの、抵抗することもなく打たれ続けている。

とうとう、十二回目に打ったところで孝助は体を翻してしまった。それが、ちょうど月代際《さかやきぎわ》の額に当たり、赤黒い血がどろり、流れ落ちる。

それを見た瞬間、源次郎は怯《ひる》んだように後ずさった。

「このまま打ち殺しても良いが、命だけは助けてやる」

源次郎が足で勢いよく蹴りを入れると、孝助はゴロゴロと転がって、地面に蹲《うずくま》った。

しかし目だけは、まだ悔しさを滲《にじ》ませている。

源次郎に気づかれぬように睨《にら》みつける。

そして、孝助は考えた。

このまま源次郎を放っておいては、自分の主君はいずれ命を狙われるに違いない。

しかし、自分は草履取のはかない身の上。

相手は次男坊とはいえ、隣家の旗本の子息である。

さっきお国と源次郎が話していたことを露見させたとしても、おそらく握りつぶされ、自分には暇を出されるばかりになるだろう。

(……ここはやはり、源次郎とお国を鎗《やり》で突き殺しでもして、自分はその場で腹を切ってしまう他はないだろうか)

孝助はこのとき、たとえみずからの命を賭してでも、飯島平左衛門に忠義を尽くすことを心に決めたのだという。

どうやったら、主人の平左衛門を護《まも》ることができるだろうか。

孝助はずっとそのことばかり考えていた。

けれども今は武士ではなく、一介の草履取の身分。何ができるわけでもない。

しかも、額には疵ができている。

これを平左衛門に見られ、何があったのかと詮索されたらどうだろう。あるいは、平左衛門が釣りに行くのをとりやめるかもしれない。

そうなると、源次郎とお国は、きっと別の手立てで平左衛門の命を狙うだろう。はたしてそうなったとき、平左衛門を助けることができるだろうか。

いろいろと考えてみたものの、孝助はどうしたら良いか、なかなか判断することができずにいた。

そのため、しばらく平左衛門の前に出ることを控えていたところ、

「孝助さん、殿様がお召しですよ」と、お竹に声をかけられた。

平左衛門が、自分のことを呼んでいる。

その言葉を聞いたとたん、孝助は今まであれこれと思い悩んでいたことが、いつの間にか吹き飛んでいた。額の疵も忘れて、慌てて平左衛門の前に出た。

「しばらくあまり顔を見なかったが……どうした、その額の疵は!?」

孝助の顔をみた瞬間、平左衛門は目を丸くする。

「はっ、はあ……」

孝助が言い淀《よど》んでいると、平左衛門は大きく息を吐いた。

「喧嘩でもしたか？　お主に剣術を授けている以上、そうしたことは決してしてはならんぞ」

「申し訳ございません。ちょうど、隣の宮野辺のお宅を通りかかったところで、上から瓦が落ちて参りまして……」

平左衛門は、ピクリと眉を動かした。

どう見ても、瓦が落ちてできた疵ではないのだ。

しかし、孝助が理由もなく、喧嘩などをするとも思えない。

「お主はまっすぐな気性だからな。だが、相手が曲がっていたときは、まっすぐに対峙《たいじ》することはできないだろう？　そういうときは、敵の術中に嵌《は》まらぬよう、あえて広いところに出るのだ。忍という字は、刃に下心。剣術を身に付けるならば、どんなときも一度我慢をすることが肝心だぞ」

さすがに真影流の奥義を極めた剣術の名人、いつの間にか、話は剣術の指南のような語調を帯びていた。孝助はその言葉を、今にも感涙にむせび泣きでもしそうな表情で聞いていた。そのため、孝助がようやく冷静さを取り戻すまで、しばらくの時間がかかった。

「して……何の御用でございましょうか？」

ようやく落ち着いた孝助が訊ねると、平左衛門は、

「お主に行ってほしいところがあるのだ」と、言う。

「もしや……釣り、でしょうか?」

ハッとして、孝助は息を飲みこんだ。

「ああ、それも良いがな……また今度にしよう。お主には、水道端の相川殿のもとへ行ってほしいのだ」

「はあ、相川様のところでございますか」

「相川殿が、養子を迎えることになってな」

孝助は、よく事情が飲み込めなかったらしい。

「はあ、それはたいそうおめでたいことでございますね」と、頓狂な声を出している。

すると、平左衛門はカラカラとおかしそうに笑った。

「何を言っておる。孝助……お主が行くのだ。相川殿には、お徳という一人娘がおったであろう。その娘が、お主のことを見染めたと言ってな」

「はあっ!?」

孝助はあまりに突然の出来事に、主人の前にいることも忘れて声をあげた。

「はっはっは。お主にとってはまたとない出世になるし、お父上が持っておられた武士の身分も取り戻せる。これほどめでたいことはあるまい」

平左衛門は、「これからも、当家に通ってくるのだぞ。剣術の稽古は続けてやるからな」と、愉快そうに笑った。

剣術——その言葉を聞いたとたん、孝助の頭には一抹の不安が過《よ》ぎる。

もし自分がこの家を出てしまったら、はたして誰が、お国と源次郎の手から平左衛門を護るのだろうか、と。

六　飯島邸《いいじま》の詮議

孝助《こうすけ》が婿養子《むこようし》に行くことが正式に決まったが、お国《くに》と源次郎《げんじろう》は気が揉《も》める毎日を過ごしていた。

釣りに出た飯島平左衛門《いいじまへいざえもん》を川に落として殺してしまおうという話をしていたちょうどそのとき、孝助が扉《と》を叩《たた》いてきたのだ。もしかすると、その話を聞かれていたかもしれないし、あるいは、自分たちが密《ひそ》かに通じていることにも、気が付かれているかもしれない。

数日後、飯島平左衛門が御番のために外に出かけたところで、お国と源次郎は顔を突き合わせて相談をしていた。

「……やっぱり孝助のやつ、僕たちの話を聞いていたんじゃないかな？」

源次郎が、不安そうに声を震わせる。

「それがさ……あいつがてっきり告げ口すると思っていたんだけれど、飯島様には屋根瓦が落ちて怪我をしたって言ってたらしいんだよ」

「つまり、僕が撲《ぶ》ったことも隠したってことかい？」

「あいつは、旦那から剣術を習っているからね。アンタにいいように殴られたって言ったら、ばつが悪かったんだろ。それに孝助のやつ、今度、旗本の家に養子に行くんだって」

「養子に？」

「ああ。相川《あいかわ》様の娘のお徳《とく》っていう子が、孝助に惚れたんだって。まったく……馬鹿なお嬢さんだよ。草履取《ぞうりとり》なんかに目をかけるだなんて」

「あいつがこの屋敷を出ていくんだったらいいじゃない。このあいだのことは言わないだろうし、僕たちの計画を邪魔されずにすみそうだ」

源次郎はどこかホッとした様子で、肩の力を抜いた。

けれどもお国のほうは、やれやれといったふうに大きな溜息を吐いている。

「何言ってるんだい。あいつ、お武家様になるんだよ。ああいうやつが立場を手に入れでもしたら、このあいだの仕返しに、あたしたちのことを飯島様に言うに決まってるじゃないか」

「なるほど、そうかもしれない」

源次郎には、お国のような考えが思いつかなかったらしい。感心したように目を瞠《みは》ると、

「だったら、どうしたものか……」と、急に情けない顔付きになって頭を抱えた。

その様子に、お国はニヤリとほくそ笑む。

「だからさ、先に孝助を殺しちまいな。草履取でお屋敷に来たときから、ああいう生真面目なやつは気に入らなかったんだ」

「む、無理だよ。今はもう、あいつのほうが剣の腕は数段良いもの」

源次郎は孝助と同じく、平左衛門の道場で真影流《しんかげりゅう》の剣術の稽古をつけてもらっていた。孝助は指南を受けるようになってからみるみる上達し、一か月も経《た》たないうちに、源次郎はまるで歯が立たなくなってしまっていた。

「どうしてアンタは、そう剣術がお下手なんだろうねえ……」

今度はお国が、掌を額に当ててがっくりと肩を落とす。けれども、すぐに思い直したように顔を上げた。

「しょうがない。助太刀を呼んであげるよ」

お国に言われて、源次郎は相川の屋敷に向かった。どうやら、お国の知り合いが一人、女中をしているらしい。

門のところでその女中の名前を言うと、出てきたのはその娘ではなく、相助《あいすけ》と亀蔵《かめぞう》という二人の男だった。

相助は、どこか間の抜けたような、ぼんやりした顔付きをしている。一方の亀蔵のほうは体が大きく筋肉が隆々として、露出している体のあちこちに疵《きず》があった。

「宮野辺の御次男様でいらっしゃいますか。このたびは助太刀をしてくださるそうで、誠に相恐れ入ります」

「えっ……助太刀？」

「はあ、そう聞いておりますが」

助太刀を頼んだのは、自分たちのほうだったはずだ。

妙なことだと思って聞いてみると、この相助という相川家の下男は、どうしても孝助を討ちたいのだそうだ。

というのも、もともと相助は相川の一人娘のお徳に惚れていて、屋敷に仕えていながら何度も言い寄っていた。もちろん、お徳と夫婦《めおと》になれば、武士の身分が手に入るという欲もあった。けれども、お徳のほうでは見向きもしない。そのうち、孝助との縁談がまとまってしまったのだという。

「あの孝助とかいうやつさえいなくなれば、お徳さんはきっと、私と夫婦になってくれると思ったのです。だが、孝助は飯島様から剣術の指南を受けられて相当な腕前の持ち主になっているとのこと……それゆえ、この亀蔵に頼んだのです。亀蔵は水道端《すいどうばた》の辺りでは、喧嘩の亀蔵として知られていますので。そこに同じ真影流を修練しておられる源次郎様も加われば、鬼に金棒。孝助を討つことができるでしょう」

「い、いや……僕は………」

相助に言われて、源次郎は言葉を濁した。

その様子に、亀蔵は源次郎をジロリと大きな目で睨《ね》めつけ、

「なあに、そういう相手は、どこかで捕まえてボコボコに殴りつけ、簀巻《すま》きにして川へでも放

り込めば良い」などと、無茶なことを言う。

「そうですね。明日はお徳さんとの結納の相談に、あの孝助のやつが来るそうだから」

「だが、僕が喧嘩なんてしたことが兄上にでも知られたら、また大塚《おおつか》に戻されそうで不安だからね」

源次郎は急に弱気になって、懐に手を入れた。そして紙入れを取り出すと、中から金子《きんす》を取り出して亀蔵と相助に差し向ける。

「やるのが明日だったら、今日は二人で一杯飲んでおくれ」

源次郎の申し出を、相助と亀蔵は破顔して受け入れた。

「なあに、剣術を習い始めたばかりの若造なんて、俺一人に任せておけ」

亀蔵は豪快に笑うと、源次郎からふんだくるようにして金子を受け取り、夜の街へと消えていった。


翌日。

相川の屋敷は、朝からどこかバタバタとしていた。

近頃はお上の目も厳しいから、結納は樽肴《たるざかな》、熨斗《のし》、昆布、絹錦のうち三品までとなっている。

婿《むこ》に入るのは草履取とはいえ、旗本の飯島平左衛門が父親代わりの後見人として孝助の身をいったん引き受け、武家の習いに沿って行われることになった。

「お頼み申します」
玄関先から声が聞こえると、善蔵《ぜんぞう》という名の下男が、取り次ごうと腰を浮かせる。けれども
すぐに、相助はそれを制した。
「飯島様のお屋敷から、孝助殿がいらしたのでしょう。善蔵、お前は宴席の料理に使う材料を
買ってきてくれないか」
そう言って玄関先に出向くと、そこに立っていたのは案の定、愛《いと》しいお徳を奪い取った孝助
だった。
「たいそうお暑い中、ご苦労さまでございます」
相助は深々と首《こうべ》を垂れたが、ふと視線を上げたときに顔を引き攣《つ》らせた。孝助の背後に、飯
島平左衛門が立っていたのだ。
考えてみれば、平左衛門が親代わりとなってお徳と結納をするというのだから、一緒に来て
いるというのは当然である。
相助はチラリと、庭で掃除をするフリをして控えていた亀蔵を見た。昨晩だいぶ飲んだのか、
まだ顔に少し朱が入っているように見える。
それでも、今は自重するようにという相助の思いが通じたのか、亀蔵はコクリと頷《うなず》いた。
孝助と平左衛門は、相川の屋敷に入っていった。
けれども、下男の善蔵がなかなか買い物から戻ってこない。それもそのはずで、善蔵は今頃、

途中で源次郎に捕まっているはずだ。源次郎は、飯島の屋敷にいる女中のお国を連れ出している。そのお国が、善蔵を長話に付き合わせている。

そのあいだに源次郎はこちらに戻ってきて、自分たちに加勢してくれることになっている。どこかの機を狙って、孝助を討とうという手筈《てはず》だ。

だから、宴席はなかなか始まらずにいた。

一方で、食事を除いた孝助とお徳の結納の準備は淡々と進んでいく。相助はその一部始終を苦虫をかみつぶしたような顔付きで眺めていた。

平左衛門と相川新五兵衛《しんごべえ》は、孝助を脇に控えさせて話をしていたが、平左衛門がふと、申し訳なさそうな顔付きになった。

「本当はすぐにでも、孝助を婿に入れたいところなのですがな。少々仔細があって、今年いっぱいは私の側で奉公したいとのことなのです。だから今日は結納だけをいたして、今年いっぱいは私の手元に置いて、来年に二月に婚礼をいたしたいとのことなのですが……いかがでしょうか？」

つまり、正式に婚礼が行われるまでに孝助をなんとかしてしまえば、この婚礼の話はなかったことになる。相助は内心で、今にも小躍りしそうな気持ちで聞いていた。

考えてみれば、ここで孝助に喧嘩を仕掛けたり、孝助を殺したりするのは、みずからも危険を負うことになる。もし自分が黒幕であることが露見してしまえば、お徳の婿になるどころの騒ぎではない。

できることなら、なんとかして孝助がお徳を諦めてくれるように言いくるめ、もしそれができなかったときには、自分のところに疑いが掛からないようにもっと策を練れば良いのだ。

相助がそんなことを思っていると、

「私はいったん、お屋敷に戻ってもよろしいでしょうか？」と、孝助が言った。

「どうした、孝助殿？」

新五兵衛が、不審そうに眉間に皺《しわ》を寄せる。

「もうしばらく準備に時間がかかるようですから、屋敷での仕事を進めて参りたいのです」

孝助はまっすぐに新五兵衛と平左衛門とを見て両手を衝き、頭を下げた。

「何も、この結納の日に仕事など……」

新五兵衛は苦笑したが、平左衛門は愉快そうに笑う。

「相川殿、こういう男なのだ。おそらく、どうしても片付けなければならぬことがあるのであろう」

「忝《かたじけな》くございます。すぐに戻って参りますので……申し訳ございませんが、提灯をお貸しいただけませんか？」

「ああ、じきに日も暮れるからな。持っていくと良い。」

孝助は再び折り目正しく首を垂れると、素早く立ち上がった。

相助は、慌てて孝助の後を追った。

今日のところは、孝助を討つのをやめておこう。亀蔵と源次郎にそう伝えないと、あの二人が予定通り、孝助に喧嘩をふっかけているかもしれない。


孝助は、足早に相川の屋敷を後にした。

門を出て右に回り、そこから半町ほどまっすぐに進む。

後を追う相助は、すぐにおかしいと気が付いた。飯島平左衛門の屋敷がある牛込《うしごめ》とは、真逆の方角に向かっているのだ。

どういうことだろう。

夏の長い夕暮れがようやく暗さをともなって、辺りが闇に覆われ始める。すると、孝助が手に提げていた提灯のあかりが、ぼうっと周囲を照らし始めた。

相助は、周囲を見渡した。

おそらく亀蔵も、遠くから孝助の後を追っているはずだ。どこかで合流できれば、策を練り直す余裕ができる。

さらに半町ほど進んだところで、ようやく亀蔵が自分の近くに寄ってきた。走ってきたらしいが、少し足元が覚束ない。昨日買った酒を残しておいたものを、ついさっきまで飲んででもいたのだろうか。

孝助が手に提げている提灯のあかりを頼りに、後を追う。

……そして、いくら進んでも、源次郎の姿は現れなかった。もしかすると、逃げたのかもしれない。

「……おい、亀蔵。今日のところは」

——やめておこう。

時間ができたので、もう少し準備をしてから事に当たろう。

そう言おうとしたところで、不意に孝助が立ち止まった。

往来の真ん中である。

広い道だ。けれども夕刻を過ぎて薄暗くなったためか、人通りはない。

相助はハッとした。

孝助がみずからの肩越しに自分たちのほうに、視線だけを送っているのだ。

「……相助殿と申したか。確か相川様のお屋敷で、働いておられましたな。隣にいるのは、御友人でしょうか」

孝助が言った。低い声だ。

威嚇するような色を含んで、地を這《は》うように響きが迫ってくる。

その威圧感に、相助はたじろいだ。

この雰囲気はつい先頃、剣術を始めたような若い武士のものではない。あるいは、前世で高名な武将ででもあったのか。剣術を身に付けるべくして身に付けた者だけが持つ、天性の空気を身にまとっている。

相助はこれと同じ感覚を、たびたび屋敷に訪れている飯島平左衛門からも感じ取っていた。剣術には素人の相助でさえ感じられるのだから、素質のある者というのは、生まれながらにこうしたものを身に付けているのだろう。

まして、喧嘩に慣れている亀蔵は、余計にそれを感じ取っているらしかった。

大きな熊に睨《にら》まれた柴犬ででもあるかのように、じっと孝助を見据えたまま唸《うな》り声をあげている。

額から、首から、脂汗が流れている。

「貴様と喧嘩しようと思ってな、こうして追いかけてきたのだ。手前《てめえ》は新参者の癖に、飯島の殿様のお気に入りを鼻に懸け、大手を振って歩きやがる。気に入らねえやつだ、こん畜生め」

言いながら亀蔵は、腰に提げていた木刀を抜いた。これで滅多打ちにして意識を奪った後、簀巻きにして川に放り投げようというのだろう。

けれども、孝助は暗がりの中表情一つ変えることなく、

「でしょう。そう思って、こうして広い道に出たのです」と、淡々と口に出す。

――相手が曲がってきたときは、まっすぐに対峙《たいじ》することはできないだろう？　そういうときは、敵の術中に嵌《は》まらぬよう、あえて広いところに出るのだ。

平左衛門から受けた教えを、孝助はすっかり身に付けていた。

じり、じり、じり。

亀蔵が間合いを詰める。

孝助は相助と亀蔵とに背を見せ、視線だけを向けたまま微動だにしない。

気圧《けお》されているのは、亀蔵のほうだ。

しかし、水道端辺りで喧嘩の亀蔵と呼ばれているだけあって、それなりの誇りがあるのだろう。息を潜めるようにじっと立ち止まったかと思うと、大声をあげて木刀を振りかざした。

「覚悟ッ!」

亀蔵が木刀を振り上げると、提灯が地面に落ちた。孝助が放り投げたのだ。

力一杯、亀蔵の木刀が振り下ろされる。狙いは、孝助の頭。まだ源次郎にやられたときの疵が残っている。

しかし、木刀は空を斬った。

孝助は亀蔵の第一撃をひらりと躱《かわ》す。

そのまま亀蔵の腕を取ると、突進してくる勢いを利用して地面に転がした。

グッとくぐもるような声を漏らして、亀蔵が地面に転がる。手首が極められているので、木刀が手を離れる。

カランカランと、木が地面を転がる乾いた音がする。

「多勢に無勢のときは、先にこちらが地面に伏して待ち構えるのが良いと教わったのですが」

孝助はとっさに落ちた木刀を拾うと、大の字になった亀蔵の額をめがけて全力で剣先を落とした。

断末魔のような大音声《だいおんじょう》が、周囲に響き渡る。

亀蔵の額から、血潮が迸る《ほとばし》。

「目だけは、勘弁してあげましょう」

第二撃は、喉笛。

再び亀蔵は悲鳴をあげると、ゴロゴロと地面に翻筋斗《もんどり》打った。

「ひっ……ひぃぃっ！」

相助が、尻餅をつく。

次の瞬間、もう孝助は相助との間合いを詰めていた。

木刀を横に薙《な》ぐようにして振るうと、相助の側頭部に命中する。

その一発だけで、相助はぐったりと力なく地面に転がった。

さらに追撃しようというのか。

孝助はキッと相助を見下ろし、木刀に力を籠める。

……だが――

「そこまでにしておけ」

不意にかけられた声に、孝助はすうっとその場に片膝を突き、木刀を脇へ置いた。体を翻し、首を垂れる。

闇の中から現れたのは、飯島平左衛門だ。

「誠に申し訳ございません。お印物の提灯を、燃やしてしまいました……」

孝助は息を弾ませることもなく、いつも通りの口調で言った。

「なあに、構わん。心配するな」

「晴れの日に街中で喧嘩をいたしたのですから、何なりと処罰をお受けします」

「何を言っている。喧嘩ではなく、暴漢に襲われたのであろう。これから婿に入るのだから、自分の身くらいは自分で護《まも》れねば、妻《さい》を護ることも叶《かな》わんぞ」

「ありがたきお言葉にございます……」

「孝助が負けそうだったら加勢してやろうと思って後を追ってきたのだが、その必要もなかったな。紋が入った提灯が他の者に拾われてはまずいから、それだけは拾ってくれるか。相川殿の屋敷で、結納の続きと参ろう」

孝助がさらに深く頭を下げると、平左衛門は不意におかしそうに笑った。

そのまま孝助は平左衛門の背後に控え、相川の屋敷に戻っていった。

後にはただ、地面に横たわって呻吟《しんぎん》する亀蔵と、意識を失って大の字になり、失禁した相助が残されたばかりだった。

＊　＊　＊

「……しかしどうしてお竹《たけ》さんが、孝助というお方と、相助、亀蔵というお方の喧嘩の様子をご存じなのでございましょう」

まるで講釈師ででもあるかのように舌滑らかに立ち回りを語ったお竹を、伊助《いすけ》は不思議そうに見つめていた。

虚飾が混ざっているのか、あるいはお竹の想像か。

もしそうであるなら、風聞書《ふうぶんがき》に記すことはできたとしても、事件についての調べとしては使えないことになる。

「面白そうだから、私も覗《のぞ》いていた……と、言いたいんだけどね。こういうことっていうのは、誰かしらが見ているもんだろう？　だから、話に聞いたんだよ。もし本当だったらいよいよ、今の亭主なんかよりも孝助さんと一緒になりたかったよね。姉さん女房っていうのも、悪くないと思うんだ」

お竹はそう言って、朗らかに笑った。

確かに隠密廻《おんみつまわ》り同心をしていると、何より頼りになるのは口さがない女たちの繋《つな》がりだ。女たちが毎日のように井戸端で繰り広げている噂話《うわさばなし》。もちろん中にはとんでもない作り話が混ざっていることがあるものの、必ず一部は事実が踏まえられている。こうした女たちの噂をたどっていくことで、思わぬ真実に行き着くことが少なくない。だから隠密廻り同心の風聞書は、どうしても女たちの噂話が多くなる。

これまでお竹が話してきたことを、伊助は頭の中で整理してみた。

確かにすべてを事実として認めることはできないかもしれないが、少なくともかなりの部分は、飯島の屋敷や相川の屋敷で実際に起きたことなのではないかと思えてくる。それだけお竹の話には、目の前で見聞きしたのでなければ語り得ないような、真に迫る雰囲気が漂っている。

「それで……孝助を打ち損ねた源次郎ってやつは、その後どうしたんですかい？」

政吉《まさきち》が、いかにも興味ありげにお竹に訊《たず》ねた。

「そりゃあ、怖《お》じ気づいただろうね。明らかに自分より喧嘩に強い亀蔵が、あっさりとやられちまった上に、額を割られて喉を潰されちまったんだから。まあ、源次郎の場合は飯島様のお屋敷にある道場で孝助さんの強さを知っていたから、自分では敵《かな》わないとわかっていて逃げ出したんだろうけど」

「しかしそう考えると、よくその源次郎ってやつが飯島様を殺すことができたな。いくらぐっすり眠っていたからって、真影流の名人で、孝助ってやつよりも強いんだろう？　襲われるときには、気づきそうなものだが……」

政吉の言葉は、伊助もずっと気になっていることだった。

話を聞く限り、源次郎というのは、ほとんどまともに太刀を扱えない男のようだ。そんな人間が、はたして飯島平左衛門に限らず、人間を斬ることなどできるのだろうか。

「まあまあ、そう慌てないでおくれよ。この話には、まだ続きがあってね」

お竹は嬉々《きき》として、話の続きを語り始めた。

＊　＊　＊

お国は寝ても覚めても、どうしたら源次郎と一緒になれるかばかりを考えていた。

飯島平左衛門の妾《めかけ》というのも、悪いわけではない。けれども、妾はあくまで妾だ。もし、源次郎が飯島家の養子になって、その正妻に自分が収まることができたら、妾でいるよりはずっと良いに違いない。

そのためには、一刻も早く平左衛門にはいなくなってもらい、末期養子《まつごようし》でも何でもいいから源次郎に飯島の当主になってもらわねばならぬ。しかし、孝助はずっと自分たちを見張っているに違いないから、下手に動けば気づかれる。

実際には、孝助が考えていたのはおそらく、なんとかして飯島平左衛門が殺されることがないように護り抜こうということだけだった。けれども、悪計を企《くわだ》てる者というのはたいてい、疑心暗鬼になる。有りもしないことを想像して、その妄念に縛られる。

お国はまさに、そうした状態に陥っていた。

そんなお国が、夜中にガサゴソという物音を聞いたのは、ちょうど盂蘭盆《うらぼん》が過ぎて、ようやく暑さも一段落した頃のことだった。

目が覚める。

音が聞こえたほうに目だけを向ける。

すると、襖《ふすま》が音もなくすうっと横に動いた。

暗がりの中、真っ黒な人影が、そろりそろりと入ってくる。

……盗人だ。

気丈な性格のお国だが、さすがに目を瞑って寝たふりをした。盗人はたいてい、匕首《あいくち》か何かを持っている。もし気づかれたら、間違いなく殺される。

寝返りも打たず、じっと同じ姿勢のままでいる。

急に暑さを感じるようになって、額から汗が流れる。

やがて、盗人は別の部屋に通り抜けていったらしい。ガチャガチャと、錠前をいじる音が聞こえる。

確か、隣の部屋にある床の間の脇の地袋には、鍵がかけてあったはずだ。

あそこには……

音が途絶えた。

お国はしばらく蒲団でじっとしていたが、ちょうど人の気配がなくなったところで起き上がり、慌てて地袋を確認しに行く。

ねじ切られたように壊れた錠前が、畳の上に落ちていた。

地袋を開く。

すると案の定、中からなくなっていたものがある。

ここに入っていたはずの小さな箱。中には、百両の金子が収められていた。

翌日。お国は、飯島平左衛門が孝助を引き連れて仕事に出かけるやいなや、源助《げんすけ》という屋敷の奉公人を呼び出した。飯島の屋敷で八年も働いている、古参の男である。

庭の掃除をしていた源助は、暢気《のんき》に欠伸をしながらお国と向き合った。

「どうしました、お国さん」

「いえね、この屋敷にきて長い上に、真面目で正直者の源助さんを見込んで、ちょっと訊《き》きたいことがあってさ」

お国はさも深刻そうな顔付きで、秘密の会話でもするかのように声を潜めて続けた。

「源助さん……あの孝助って子のこと、どう思う？」

「はあ、孝助ですか」

「あの子、殿様のお気に入りだろう？　だから、それを鼻に掛けてこのところ我《わ》が儘《まま》になってくるとか、腹が立つこともあるんじゃないかと思って」

その言葉に源助は、大きな声で笑った。

「いやあ、それはねえ。歳はまだ二十一だそうですが、孝助ぐらい善くできた男は、そうそういないでしょうな。真面目に働くし、その上殿様思いで、殿様のことになるとおかしくなったみたいに働く。それだけでなく、先日、私が病気したときなどは、孝助が一晩中寝ないで看病をしてくれまして。この男にならば抱かれてもいいかもしれぬと、少々胸がときめきました」

「なるほど……」

お国は鼻であしらうように、源助の言葉を聞いていた。そして、

「だからアンタは、騙《だま》されているって言うんだよ。気をつけな」と言うと、源助に顔を近づけていっそう声を潜めた。

「孝助のやつ、盗人だよ。ああして人が良いように見せかけて皆を安心させ、こっそり屋敷の中にあるものを盗んでいるんだ」

「いや、それはさすがに……」

源助は言葉を継ごうとしたが、お国はそれを遮るように立ち上がった。

「ちょっと、ついてきな」

お国が向かったのは、奉公人の男たちが寝泊まりしている大部屋だった。

孝助はまだ入って日が浅いので、入ってすぐ、いちばん手前のところに居場所がある。とは

いっても、蒲団をあげてしまうと、荷物もほとんどない。一つだけ、普通であれば本を入れておく文庫に使う木箱があって、その中に、彼が奉公を始めるときに持ち込んだ私物がすべて収められている。

お国は早足に部屋に入るやいなや、その文庫の蓋を開いた。そして、源助が入ってくるより先に、懐に忍ばせていた縮緬《ちりめん》の胴巻をその中に放り投げると、

「ほら、やっぱり！」と、声をあげた。

「どうしたんで？」

遅れて入ってきた源助が、覗き込むようにして中を見る。

中には、着物や褌《ふんどし》が、几帳面に折りたたまれて入っている。その上に放り投げるようにして、縮緬でできた胴巻が一つ入っている。

「これは、殿様の胴巻だよ。ほら、私たちが寝泊まりしている奥の部屋に、鍵を掛けた地袋があったろう。あそこに入っていたんだ。あの中には、殿様から私たち女中が預かった大事なものを、まとめて入れておいたんだよ」

「はあ……」

源助は、よくわからないといった様子でいる。そもそも、あの地袋が開かれたのを、見たことがなかったのだ。

「夕べ物音がしたから、おかしいと思ったんだ。もし私たちがお預かりしたものがなくなって

いたら、疑われるのはあたしたちだ。ほんと、迷惑なやつだよ！」

お国は大きな声をあげると、そのまま孝助の文庫に胴巻を指でさして続けた。

「いいかい。これを見たことは、今日の夕方まで誰にもいうんじゃないよ。殿様に詮議していただくから」


その日の夕方、平左衛門は孝助を引き連れて屋敷に戻ると、いちばん奥にある部屋に入って、座布団に腰を下ろした。

すると、お国がすうっと平左衛門の前に進み出て、神妙な顔付きで頭を下げる。

「殿様、たいへん申し訳ないことが起こりました。あの地袋に入れてありました百両の金子と縮緬の胴巻が、盗まれたようでございます。錠前がねじ切ってありましたので中を見ましたところ、綺麗《きれい》に消えておりました。おそらく屋敷の中の者の仕業ではないかと」

「屋敷の中の者、だと？」

平左衛門は眉を顰《ひそ》めた。

「つきましては、皆がそれぞれに持っている、葛籠《つづら》や文庫を検《あらた》めたく存じますが、よろしいでしょうか？」

「それには及ばぬ。うちの屋敷に百両の金を盗むような器量のある者はおらぬから、大方、賊にでも入られたのであろう。奉行所に届け出て……」

「けれども、夕べは厳重に戸締まりしてあったのでございます。ただ、地袋の鍵が壊されておりましたので」

お国は平左衛門が最後まで言い終えないうちに口を挟むと、すぐに立ち上がり、

「お竹さん、おきみさん……ちょっと、皆を集めてくださいませんか」と、大きな声をあげながら、部屋の外に出ていった。

奥座敷には、屋敷で働く者全員が集められた。

それぞれが、自分たちの荷物を入れた葛籠や文庫を携えて、脇に置いている。

「とんだことになりましたね」

お竹が言うと、

「お前たちを疑うわけではないのだがな。留守を預かっていたお国が心配しているものだから」と、平左衛門は頭を掻《か》いている。

「いえいえ、どうぞお検めくださいまし」

お竹は率先して自分の葛籠を開いた。

腰巻きが月のもので紅く染まっていたが、それさえも気に留めることはなかった。

まずは、女中たちの葛籠が、順に開かれていった。

ただ一人、葛籠を開けるのを嫌がったのは、おきみという女中だった。女たちが押さえつけて中を開くと、中から大量の艶本《ゑほん》が出てきた。しかも、それらはすべて、若衆同士の恋を描い

たものだったという。

「ま、まあ……着物が増えるよりは良いであろう。お上に捕らえられぬよう、ほどほどにしておけよ」

平左衛門は苦笑して、やれやれといった様子で、何とも言えない溜息を漏らした。葛籠が開かれるのを嫌がっていたから、もしかしたら本当に盗みを働いたのではないかと危惧していたのだ。

そして、とうとう男たちの番になった。

こちらはきちんと整理されている者が多い女中たちと違って、ひどいものだった。

ある者の葛籠からは、小さな油虫がわらわらと大量に湧き出して、屋敷は大混乱になった。

またある者の文庫からは、紙に包まれた茶色い物体が出てきた。

「先日、横町で味噌を拾いまして」と、へらへら笑っている。

「味噌というのは……横町で落ちているものなのか？」

さすがの平左衛門も、難しい顔をしている。

「へえ……ですので、まだ確かめていないのです。お検め願えますか？」

「俺がするのか⁉」

平左衛門は、目を丸くした。

奉公人たちの視線が、いっせいに集まる。

ゴクリと唾を飲み込んだ。

確かに、味噌……のように見える。しかし事によると、道端によく落ちている細くて長い茶色い物体が、形を失って粘液状になったもののようにも見える。

鼻を近づける。……臭いは、ない。

「棒だ……棒を持って参れ！」

平左衛門は女中が持ってきた棒で、つんつんと茶色い物体を突いてみた。

棒の先に、物体がつく。なんとなく、ねっちょりしている。

震える手で、棒の先に付いたものを再び鼻に近づけてみた。

奉公人たちは全員、固唾《かたず》を呑《の》んで見守っている。

食べてみない……わけにはいかない。

平左衛門は口を大きく開き、棒の先を口の中にゆっくりと近づけて舌先で舐《な》めようとしたそのとき……

「お待ちを！　お待ちください！」と、孝助が一歩前に進み出た。

ハッとして、平左衛門は手を止める。

「私がやります！」

孝助はさらに前に出ていきなり指を茶色い物体にズブリと差し込んだかと思うと、すかさず口に運んで、

「味噌……味噌でございます！」と、叫んだ。

奉公人たちは「おおっ！」と歓声をあげ、皆が手を叩いて笑っている。

もはや誰もが、何のためにこうして葛籠や文庫を順に開いているのか、ほとんど忘れてしまったような状態になっていた。

その中で一人、表情を変えずにじっと孝助を見ている者がいた。他ならぬ、お国である。

「それでは、次は孝助さん。その文庫を開いて頂けますか」と、ゆっくりと、低い声で言った。

「ええ、よろしゅうございます」

孝助は何の躊躇《ためら》いもなく、自分の文庫を前に押し出した。

蓋に手を掛けて、さっと開く。

すると、孝助の服の上に、縮緬の胴巻が乱雑に置かれていた。

集まった奉公人たちが、いっせいに黙り込んだ。

ある者は目を丸く見開き、またある者は信じられないといった様子で口をぽかんと開けている。別の者は何度も目をしばたたかせては、じっと眉間に皺を寄せている。

「あら……孝助さん。どうしてアンタの文庫の中に、あの地袋に入っていたはずの胴巻があるんでしょう？」

お国は意地悪い様子で、ニヤニヤと笑って言った。

「……さて、どうしてでしょうな」

孝助がぼんやりと漏らすように言うと、

「おとぼけでないよ！」と、お国が声を荒らげる。「百両の金もアンタが盗んだんだろう？　すぐに殿様にお返しするんだ」

するとお国はそのまま源助のほうを向いて、

「源助さん。アンタはこのお屋敷にいちばん長くいるし年嵩《としかさ》なんだから、これは孝助さんばかりの仕業じゃないね。アンタも一緒に、悪さをしたんだろう？」と、言い放つ。

慌てたのは、源助のほうだ。

さっきお国と一緒に、孝助の文庫を見たではないか。そして、中に胴巻があったのを確かめたではないか。

正直な源助は、先ほどお国と文庫を覗いたときから、これが孝助の盗んだものだと信じ込んでしまっていた。その上、お国から責め立てられたことで冷静さを失ってしまう。

「おい、孝助。お前、なんてことしやがったんだ。早く白状して、お殿様に謝れ！」

叫ぶように言いながら、源助は孝助を突き飛ばした。

「何をいたしまする。盗んだ覚えもないものを、謝罪することなどできませぬ」

その一部始終を、飯島平左衛門はじっと眺めていた。

何を思ったか、お国、源助……そして孝助と、順番に視線を送っている。

やがて、

「ええい、静かにせい！」と、三人を一喝した。

あまりの大音声に、源助とお国は揃《そろ》ってビクッと肩を震わせた。

「お主の文庫から胴巻が出てきたというに、知らぬ存ぜぬで済むと思うか！　俺が目を掛けてやったのに、その恩義を忘れた不届き者め。手討ちにしてくれる」

平左衛門の言葉にも、孝助だけは冷静に控えていた。

そして、突き飛ばされた状態から体を起こし、

「恐れながら申し上げます」と、頭を下げて続けた。「私は何も、お詫《わ》びするような不埒《ふらち》をいたしてはおりませぬ。しかし、殿様直々のお手討ちとなるというのは、この上もなくありがたきこと。屋敷の中でこうした事件が起こった以上は、お仕えしている身として当然のことにございます。後ほど、孝助が無実であったことはわかるでしょうから、どうぞお手討ちなさってください」

あまりの潔さに、屋敷の一同はもちろん、平左衛門までが感服したように息を吐いていた。

平左衛門はチラリと、お国に視線を注ぐ。そのまま、

「相分かった。だが、ここで屋敷がお主の血で汚れるのは敵わん。明後日にでも手討ちにするから、それまでは屋敷の外で待っているが良い」

平左衛門はそう言って立ち上がると、ドスドスと大きな足音を立てて部屋の外に向かった。

そして、ちょうどひれ伏している孝助の傍らを通り過ぎるとき、

「……孝助、庭先へ廻《まわ》れ」と、ぼそり、孝助にだけやっと聞こえるくらいの小さな声で、ぼそりと呟《つぶや》いた。

屋敷の者たちは、既に事件は片付いたものと思ったらしい。めいめいが自分の持ち場に戻って、仕事を始めている。

しかし平左衛門は、明後日には孝助を手討ちにすると言った。

一緒に働いている者の中から死人が出るというのは、やはり気持ちの良いものではない。だからどこか沈んだような、声を出しにくいような空気が、屋敷全体を覆っていた。

そんな中、孝助は平左衛門に言われたとおりに庭へ出た。

残暑の日差しが、だんだんと暑さを増してくる。

ぼんやりと待っていると、四半時ほど経ってようやく平左衛門が現れた。右手に鎗《やり》を携えている。そして、まるで周囲の目を憚《はばか》るように、左右にチラチラと視線を送っている。

ようやく孝助の姿を認めた平左衛門は、目配せをしていちばん人目につかない屋敷の裏手のほうに孝助を連れ出した。

「先ほどは、すまなかったな。お主が盗みを働くはずはないとわかっておる。だが、少し思うところがあったのだ」

その言葉を聞いただけで、孝助はその場にひれ伏して泣き出したくなった。平左衛門は、自分を信頼してくれていたのだ。

けれども、まだ平左衛門は話を続けそうな気配でいる。そのため、

「忝く存じます……」と言って、主《あるじ》の言葉を待った。

「お主はまだ武士の身分ではないゆえ、帯刀できぬからな。これで我慢してくれぬか」

そう言って平左衛門は、手にしていた鎗を孝助に渡す。

「……これは」

「俺を護ってくれるのであろう？」

平左衛門の目は、まるで実の父が息子に向かって語りかけるような、優しげなものだった。

そんな表情を初めて見た孝助は、両手で恭しく鎗を受け取った。

「ありがとう存じます。この孝助、必ずやこの鎗で、殿様をお護り申し上げます」

「そうか、そうか。よろしく頼む。よく研《と》いであるだろう？」

見ると、鎗の刃はみごとに輝いている。どうやら平左衛門が遅れてきたのは、この刃を研いでいたためであることに、孝助は気が付いた。そう思うと、またむせび泣いてしまいそうなほど嬉《うれ》しくなった。

けれども、平左衛門は急に真面目な顔付きになって言った。

「まあ、襲ってくるのが源次郎なら、俺一人でも相手にできるだろうがな」

その言葉に、孝助は面食らった。

「……気付いておられたのですか」

「気付かぬわけがない。お露《つゆ》を柳島《やなぎしま》へ出した頃から、お国はだんだんと俺のところに来なくなったからな。源次郎の元に行っているのであろう。だとすれば、何を考えているのかくらいはわかる」

「それは……お見逸《みそ》れいたしました」

孝助が恐縮すると、平左衛門は優しげな眼差しを向けた。

「明日、あえて源次郎と一緒に釣りに行くことにしたのだ。そのために今夜、あいつはうちに泊まる。お主に、明後日まで外に出ているように皆の前で申し渡したから、ちょうどいいであろう？」

「……つまり」

孝助は、ゴクリと息を飲んだ。

さっき、金子と胴巻が盗まれた事件の騒ぎが起きたとき、平左衛門はとっさに芝居を打ったのだ。

ああして自分が外に出るように仕向け、その後で源次郎が屋敷に泊まるように手筈を整えれば、源次郎にとっては今日ほど平左衛門を狙うのに適した日はない。そうやって源次郎を誘い込むために、あえて平左衛門は皆の前で怒って見せたのである。

「ただの癇癪《かんしゃく》持ちではなかろう？　もう、俺もいい歳だからな。丸くもなるものだ」

平左衛門は、穏やかな笑みを孝助に向けた。そして、
「今日はしばらく外にいて、日が暮れたら床下に忍んでいろ。足音がドンドンドンと三回強くなったら、それが源次郎が俺を襲いにやってきたときの合図だ。俺は蒲団で寝たふりをしているから、太刀を持ったやつを狙え」と、孝助の頭をポンと叩いた。

孝助は鎗を屋敷の床下に忍ばせて、外に出た。

盗みの騒動があったのは、夕刻だった。それから日が暮れるまで一時、周囲が闇に包まれ牛込の街から人気《ひとけ》がなくなるまでさらにもう一時。

そのあいだ、孝助はどこか落ち着くことができないまま、牛込の街をうろうろしていた。考えてみれば、飯島の屋敷で奉公するようになってからはずっと休むことなく平左衛門に仕えていたから、こうして牛込の街を歩くのは初めてだった。だから、周囲の建物にはもの珍しい光景が広がっていた。

けれども孝助にとっては、その珍しささえも気にならなかった。それよりも、初めて武勇をもって平左衛門に奉公できることのほうが嬉しかった。

平左衛門は自分に、助太刀してほしいと言った。そして、まだ武士の身分でないことを慮《おもんぱか》って鎗を渡してくれた。

そのことを思い出すだけで、孝助は鼻歌でも歌い出したくなるほど気分が良くなるのだった。

辺りが暗くなり始めると、孝助は待ちきれず、こっそりと屋敷に戻った。

門は、平左衛門が開けたままにしておいてくれる手筈になっている。中を覗き込んで左右を見渡すと、誰もいないことを見計らって中に入り、内側から閂《かんぬき》を下ろした。

これはふだんであれば孝助がしている仕事だ。だから、意識しなくても体が覚えている。

けれども、いつもであればきちんと門が閉ざされているかどうかを、いったん扉を力で押して確かめる。今日はそれをしないで足早に門を離れると、誰かにみつかることのないように注意を払いながら、素早く床下に潜り込んだ。

先ほど平左衛門から頂いた鎗を脇において、じっと座り込んでいる。

思った以上に、床下は暑かった。風が通り抜けないために籠もった熱気が、じりじりと肌を包む。平左衛門の部屋の少し手前、廊下の床下でじっとしているだけで、全身からじわりと汗が滲《にじ》み出てくる。息を潜めていると、だんだんと頭がぼんやりとしてくる。

どうりで平左衛門が、できるだけ遅く来るように言っていたはずだ。

それでも孝助には、いったん外に出て控えているという選択肢はなかった。

ただひたすらに、平左衛門に奉公できるという嬉しさだけで、じっと床下で動かずにいた。

孝助はハッと気が付いたのは、それからだいぶ時間が経ってからのことだった。

床の上から、話し声に混じって複数の人が歩く足音がしたのだ。どうやら、平左衛門と源次郎が入ってきたらしい。

やがて、三味線の音が響き、長唄の声が聞こえてくる。この声は、お国だろうか。

お国は愛敬があるだけでなく、謡や音曲が妙に上手い。孝助はあまりそうした方面は詳しくなかったが、あの平左衛門が気に入るだけあって、そうした素質があることだけはわかった。

宴席は一時ほど続いただろうか。

ちょうど八ツの鐘が、目白の方角から辺りに鳴り響き渡る。

平左衛門の屋敷は、ひっそりと静まり返った。

やがてその中に割って入るように、ミシッ……ミシッ……と、何者かが床を踏みしめる音が聞こえる。

孝助は、息を飲んだ。

ドン、ドン、ドン。

床を三度叩く、音が聞こえる。

その直後、孝助は素早く床下から飛び出した。

鎗を構える。様子を窺《うかが》う。

平左衛門の部屋に灯《とも》った行灯《あんどん》のあかりが、障子越しにぼんやりと外に漏れ出ている。そのあかりに紛れて、中二階にある客間のほうから人影がゆっくりと下りてきた。

右手には抜き身の太刀を持っている。その太刀が、わずかに漏れ出た光で鈍く光っている。

――源次郎だ！

孝助は人影の背後から、脇腹を狙って力任せにまっすぐ突いた。

手応えがあった。

ブスリ、脾腹《ひばら》を貫いた。

突かれた男はよろめいて、左手で脇腹に刺さった刃を摑《つか》み、

「ウッ……」と、唸る。

そこでようやく、孝助は気が付いた。

「殿っ！」

思わず、叫んだ。

源次郎と思って突き刺したのは、自分の主――平左衛門だったのだ。

平左衛門は気丈にも、疵口をしっかりと押さえている。けれども、突き刺さった刃と肉との狭間から、ぼたりぼたり、止めどなく血が流れ落ちる。

鎗はすっかり血に染まった。

孝助はふらふらと後ろに後ずさり、

「申し訳ございません！　すぐに治療を……」と、地に頭を強く擦《こす》りつけながら土下座した。

「孝助……鎗を抜いて俺の上締《うわじめ》の帯を取り、疵口を縛れ……早く…………」

息も絶え絶えに、平左衛門が言う。

孝助は返事もしないまま、飛びかかるようにして平左衛門に刺さった鎗を抜いた。

帯に手を掛ける。

慌てていて、思うように手が動かない。

それでもやっとのことで帯を外し、

「殿……とんでもないことをいたしました！」と、ブルブル震える手で、平左衛門の体をきつく縛りあげる。顔は目から止めどなく流れ落ちる涙で濡《ぬ》れ、手は平左衛門の脾腹から漏れ出た血で真っ赤に染まっていた。

「静かにしろ」

「源次郎と誤って、殿を……」

「静かにしろと言うに。この不束なる飯島平左衛門のことを思って護ろうとしたからこそ、鎗で突いたのだろう？　仇討《あだう》ちの刃で命を落とすとは、輪廻《りんね》応報《おうほう》。実に殺生はできぬものだ……」

「仇とは!?　何を仰いますか」

孝助には、平左衛門が何を言っているかわからなかった。

すると平左衛門は、両足にグッと力を籠め、孝助に向かって仁王立ちになった。

「……いいか、孝助。お主がこの屋敷にきて間もない頃、身の上を訊ねたことがあったろう？　お主の父は黒川《くろかわ》孝蔵《こうぞう》。今を去ること十八年前、本郷《ほんごう》三丁目にある藤村屋《ふじむらや》新兵衛《しんべえ》という刀屋の前で、何者とも知れぬ侍に斬られ、非業の最期を遂げた。だから、親の仇を討つためにどうにか武家へ奉公に来た。そのために剣術を教えてほしい。お主はそう言ったよな？」

「はい。確かに、そう申しました」

「今、お主はその仇討ちをみごとに果たしたのだ。黒川孝蔵を斬ったのは、飯島平太郎《へいたろう》。若い頃の俺だ」

孝助は言葉を失った。

呆気《あっけ》に取られて張り詰めていた気持ちがふわりと抜けて、腰に力が入らない。

平左衛門の顔をぼんやりと眺めながら、

「……どうしてあのとき、仰ってくれませんでしたか」と、漏らすように声を出した。

「俺が最後まで剣術を極められなかったから」平左衛門は、寂しそうに続けた。「父にも主人にも忠義を尽くすお前を見ていたらどうも不憫《ふびん》でな……お主の父を斬ったのは、若さゆえの過ち。だから、いつかはその報いを受けようと、思い続けていた。いつかは俺が仇だと、名乗り出て討たれようと思っていた。だが、その決心がつかなかった」

平左衛門によれば、いったん主従となってしまったのが、まずかったのだという。

孝助の主人になってしまった以上、自分の罪を償って孝助に仇討ちをさせれば、主殺しの罪で孝助が罰せられることになる。だから、孝助を相川の婿として武家の身分に戻し、立派に仇討ちをさせようと思ったのだが、お国と源次郎が密通をして自分を殺そうとしている。

だからこの機に乗じて、孝助が自分のことを源次郎と誤って刺すように仕向けたのだという。

「本当はな、お露が死んだときに、お主に討たれたかったのだ。俺は若い頃に癇癪を起こしてお主の父上を斬り、つい先頃は自分の娘とその女中を殺してしまった。娘とお米《よね》には、すまないことをした……だから、罰を受けねばならんかった」

しかし、なかなかその決心がつかなかった。

その理由は、ただ一つ。

「お前がな……まるで自分の息子のように、可愛く思えてな。だからもう少し……あと少しと、お前が成長していくところを、見たくなってしまったんだ。情けない主《あるじ》と、笑ってくれ」

平左衛門の言葉に、孝助の感情は決壊した。

その場で床に顔を伏せ、声をあげて泣きむせぶ。

平左衛門は、それを一喝した。

「ええい、男が女々しく泣くな！　よいか、本当はこのままお主に首を差し出したいところだが、それではお主の罪になる。だから手紙を預けるから、俺の髷《まげ》を切り取って相川殿のもとに逃げて見せるのだ。俺はこれから、源次郎のやつに討たれに行く。そうしたら……また、主人の仇を討ってくれるか？」

「しかし……」

孝助は、言葉も出ない。

すると平左衛門は最後の力を振り絞り、叫ぶように言った。

「俺が源次郎に討たれれば、飯島家は改易になろう。それを復興できるのは、お主しかおらん……よいから、俺の太刀を持って、相川の屋敷へ行け！」

「……はっ！　おさらばでございます！」

平左衛門のあまりの剣幕に、孝助はとっさに立ち上がると、平左衛門の太刀を両手で受け取り、後ろ髪を引かれる思いでその場を走り去った。

何度も何度も、腕で涙を拭いながら、牛込の街を疾走する。

右手に握りしめた太刀、それは、かつて飯島平太郎が黒川孝蔵を斬った、天正《てんしょう》助定《すけさだ》だった。

＊　＊　＊

お竹が話を終えると、伊助と政吉は言葉を失っていた。

「アンタ……やっぱり、女講釈師になったほうが良いよ」

政吉はなんとか御用聞きらしい口調を保ちながら、声を出した。

「そうかい？　あはは……ちょっと照れるねぇ」

笑っているお竹に、伊助は真剣な表情を向ける。

「では……その孝助さんというお方は、今どちらへ？」

「ああ、相川の殿様に婿入りして祝言を挙げた後、すぐに仇討ちに向かったよ。源次郎とお国は、お尋ね者だからねえ。お上に捕まるのが先か、孝助さんが仇討ちをするのが先か、ってところかな」

なるほどお竹の語ったことが本当であるのなら、真影流の名人である飯島平左衛門が、宮野辺源次郎に討たれたことも合点がいく。

しかも、飯島平左衛門の脇腹には突傷《つききず》があった。宮野辺源次郎は刀で斬っているようだったから、本来であれば、脇腹に突傷などできるはずがない。その謎も、解くことができる。

「しかし……だったら、相川様のお屋敷には、飯島様のお手紙があるんでしょう？　どうしてそれを、お上にお出ししないんですかね？」

政吉の言葉に、伊助はようやく気が付いた。

相川新五兵衛に渡された手紙には、おそらく、飯島家をこの後どうするかについて書いてあるのだろう。それを御目附《おめつけ》の調べのときに出していれば、あるいは飯島家は改易にならずに済んだかもしれない。

「まあ、孝助さんは相川様の婿養子になられたし、飯島様にはお世継ぎがいないからねえ。どうしようもなかったんじゃないかい？」

お竹は言った。

おそらく彼女は、その手紙とやらを読んではいないのだろう。もしかすると、飯島家を再興する手がかりも、そこにあるのかもしれない。

伊助はそんなことを考えながら、最後にお竹に訊ねた。

「……それで、その宮野辺源次郎という男はどこへ？」

「そうだねえ……お国の故郷が、越後《えちご》の村上《むらかみ》にあるって言っていたから。もしかしたら、そこらに逃げているんじゃないかな。あ、でもこのあいだ手紙が来て、栗橋《くりはし》で苦労しているって言ってたっけ」

日光街道、栗橋宿。

その場所を聴いた瞬間、伊助と政吉は目を合わせた。

数日後、伊助と政吉――依田豊前守政次《よだぶぜんのかみまさつぐ》は、柳島にいた。

日光街道を抜けて栗橋に出る前に、お露とお米が住んでいた飯島の別邸に立ち寄ったのである。

飯島平左衛門が死んでからというもの、この屋敷はひっそりとしていた。急に改易が決まり、主もいなくなったため、別邸の整理まで及んでいなかったのだろう。

お露とお米が死んだときに葬儀を済ませて以来、住む者もないまま、屋敷だけがそのまま草を生やしているようだった。

「お露は萩原新三郎《はぎわらしんざぶろう》への焦がれ死に、お米は看病疲れで死んだとのことで、奉行所の調べは入らなかったようですな……」

伊助が門を見上げながら呟くと、

「病で死んだってことになってたんでしょう。それなら、お奉行様は手が出せねえ」と、政吉は答えた。

何も二人きりでいるときに、御用聞きの政吉として振る舞わなくても良いのに。

伊助は内心でそう思ったが、依田豊前守のほうでは、最近はこうしていたほうが伊助とやりとりをしやすいのだという。奉行の仕事は、同心たちから出される様々な文章に目を通し、意見を聞いて、御法度に基づいて右から左へと事件を処理していくだけだ。できるだけ私情が入らぬよう、淡々と仕事を流していかなければならない。

もしかして依田豊前守政次にとっては、政吉として御用聞きの仕事をし、事件について調べるのが楽しくて仕方がないのではないだろうか。

伊助はふと、そんなことを考えた。

政吉は続けた。

「お竹さんから、こっそり鍵を借りてきましたんで。中に入ってみましょう」

どうやらお竹は、女中頭に預けられていた屋敷の鍵を、こっそりと持ち出してきたらしい。

いくら改易になった家だとはいえ、こうして屋敷の出入りがかつて働いていた者たちのあいだでできてしまうというのは、どうなのだろうか。

疑問を感じながらも、伊助は政吉の後に続いた。

屋敷の中は、しんと静まり返っている。

お露とお米の二人が亡くなったときにだいぶ整理したらしく、物らしい物もほとんど置いていなかった。

「伊助……お主は、飯島家からなくなったという百両は、どういう金だったと思う？」

政吉として振る舞っていたはずの依田豊前守政次が、いきなりいつもの態度に戻って訊ねた。

「やはり、あの伴蔵という男が盗んだのでしょうか。しかし、日付が……」

伊助はそう言ったきり、黙ってしまった。日付が、合わないのだ。

飯島の家でお国が物音を聞いたのは、お竹の話によれば盂蘭盆の初日から数えて十二日目。伴蔵が百両を手に入れたのは、山本志丈の話によれば、そこからさらに一日経ってのことである。お国が地袋の鍵をこじあける物音を聞いたのは、ちょうど伴蔵が幽霊に向かって、百両を持ってくるように求めた日だ。

「やはり幽霊が忍び入って、百両を盗っていったということでしょうか」

伊助が愛想笑いを浮かべて言うと、依田豊前守は腕組みをして、薄暗い屋敷の中を見渡しながら訊ねた。

「山本志丈《やまもとしじょう》の話には、おかしいところがある。気が付いたか？」

「……下駄の歯音、でしょうか？」

カラン、コロンと下駄の歯音を鳴らす幽霊。

そんな話は、聞いたことがない。

「そうだ。伴蔵が見ていたという幽霊は、絵に描かれた幽霊のように腰から下がなかったと、はっきり言っていた。足がないのに、下駄を履くことなどできんだろうな」

「つまり、作り話だと……だとすれば、伴蔵が、山本志丈に語って聞かせたでしょうか」

「ああ。虚実を交えてな」

依田豊前守が言うには、おそらく志丈が語った話には、事実も少なからず混ざっている。

萩原新三郎が、お露が死んだと聞いて寝込み、痩《や》せ衰えたこと。

鬱々とした気持ちを晴らそうとして、新幡随院《しんばんずいいん》の良石和尚《りょうせきおしょう》のもとを訪れ、海音如来《かいおんにょらい》と雨宝陀《うほうだ》羅尼経《らにきょう》、御札を授けられたこと。

けれども、嘘《うそ》も混ざっていた。

まずは、新三郎に獅噛《しが》み付いていた女の亡骸《なきがら》。

「あれは、飯島の娘のお露のものではないだろう。あの娘は受け口だが目鼻立ちが良かったという評判だ。しかし、亡骸が奉行所に運ばれたときに見た骨は、そんな形をしてはいなかった。むしろ細面だったろう？」

「ご覧になったのですか!?」

伊助が驚いて目を見開くと、依田豊前守は、

「奉行というのは、案外暇だぞ。仕事は皆、与力や同心たちがやってくれるからな」と、言っ

て、ニヤリと笑う。

それから、妻のお峰《みね》に話して聞かせたという、幽霊とのやりとり。お峰は幽霊の姿を一度も見ていないのだから、あそこが作り話だということは容易に想像がつく。

……そして、いちばん大きな事実との違い。

「ほら、あったぞ」

依田豊前守は、屋敷のいちばん奥の部屋にある地袋の、取っ手のところを指で示した。そこには、わずかに傷が付いている。

「これは……」

「おそらく鍵が付いていて、壊されたのだろう。ほら、金槌《かなづち》か何かで叩いたような跡がある」

「なるほど……」

「飯島の屋敷は、地袋に百両を収めていると言ったな。百両もの大金をどこに片付けるかというのは、親子で似るものだ。子どものときから、親の片付け場所を見て育っているからな」

「ということは、ここにあったのは……」

「ああ、飯島平左衛門が自分の娘のために、嫁入りの支度金として与えていた百両だ。飯島平左衛門は、娘のお露とお国との折り合いが悪いことからここに住まわせたが、お国が源次郎と密通していることに気付くや、だんだんと心が離れていった。そうすると、追い出した娘のほうが恋しくなる」

「つまり、娘のお露が萩原新三郎と結ばれるのを認めていたと」

「萩原新三郎に、飯島家を継がせる気はなかったようだからな。嫁に出すつもりだったんだろう。父親とは、どんなに仲違いしていても、娘に甘いものだ」

依田豊前守は、憐《あわ》れみを込めたような声で言った。

「しかし、お露が亡くなられたのは、飯島家に盗人が入ったという日よりずっと早いのでは？」

「そうだ。伴蔵がついたいちばん大きな嘘。それは、お露、お米の死因と、百両を手に入れた時期だろう」

依田豊前守の考えは、伴蔵がまず始めに、お露、お米の屋敷に盗みに入ったのではないかということだった。萩原新三郎と柳島に釣りに来て、新三郎が伴蔵を残してお露のもとを訪ねたとき、こっそりと屋敷の中を下見していたのではないか。しばらくして忍び入り、二人を縄で縛って、地袋から婚礼の持参金として飯島平左衛門から渡された百両を盗み出した。

「焦がれ死にをしたお露、後を追うようにして死んだお米の二人の亡骸は、ひどく痩せ衰えていたというからな。おそらく、縛ったまま死んで朽ちるまで屋敷に放置し、後から焦がれ死に見せかけるために、縄をほどきに来たのだろう」

そして、萩原新三郎からは海音如来を盗み出し、さらに飯島平左衛門の屋敷に盗みに入った。娘と同じように地袋に何か大切なものを入れているだろうと思ったものの、何も手に入らなかったのではないか。

「萩原新三郎を殺したのも、伴蔵だろうな。あの亡骸は前歯が一本折れ、肋《あばら》が内側に砕けていた。おそらく、殴られた後で、左胸を強く蹴られ、その骨が心の臓に刺さったのだろう」

もし依田豊前守の考えが正しいとすれば、鍵を破って盗みを働いた者は、重追放ではなく死罪となる。たとえ伴蔵が栗橋に逃げていたとしても、追いかけて行って捕らえることもできる。

「……しかし、証拠が」

「証拠ならあるぞ？」

そう言って依田豊前守は、一枚の柄の入った布きれを取り出した。

「これは……」

「萩原新三郎の亡骸が、左手で握っていたものだ」

「いつの間にそんなものを!?」

「奉行というのは、それなりに権限を持っているものでな」と、笑って続ける。「そしてこれを見てみろ」

そう言って、依田豊前守はもう一枚の布を伊助に見せる。

……どうやら、同じ柄の布のようだ。

「……これは？」

「お竹殿に会いに行く前に、伴蔵の住んでいた長屋に行ったと言ったろう？」

「はい。しかし、もぬけの殻だったと……」

「ああ、伴蔵が出ていってから、住んでいる者はいなかったからな。だが、押し入れの裏紙の中に、この布が貼ってあった。補強のために、ぼろきれを使ったのであろう」

伊助は何度も二つの布を見比べた。

萩原新三郎が握っていたというほうは、血で染まったものが乾いて、色が変わっている。しかし、確かに二つは、同じ布であるように見えた。

「百両の件は後回しだ。萩原新三郎殺害の件で、伴蔵の調べを進めるぞ」

依田豊前守が目を細め、きっぱりとした口調で伊助に命じる。

伊助はすっとその場で膝をつく。

「畏まりましてございます」

七　栗橋宿《くりはしのやど》

関口屋《せきぐちや》は、いつものように多くの人で賑《にぎ》わっていた。

栗橋宿にしばらく前にできた荒物屋だ。江戸で安く仕入れた物を、日光街道で運んできては、周囲の店よりも安く売っている。しかも品が良いということでも評判で、栗橋に住んでいるものだけではなく、近くの宿場からも多くの人がやってくる。

しかし、店がしだいに大きくなるにつれて、変化も生じてきた。

はじめのうちは、夫婦で熱心に働いていたが、しだいに亭主のほうが小紋の羽織を着て、雪駄《せった》を履くようになる。主人は店を留守にして、妻だけが仕事をしているようになる。

一人増え、二人増えてきた奉公人たちも、そのことを気に掛け始めていた。

「今日も旦那様は、お留守でございますか？」

奉公人の一人が、女主人に訊《たず》ねる。

「ああ……久蔵《きゅうぞう》さんのところ、というはずはないだろうから、また笹屋《ささや》にでも行ってるんだろうよ」

久蔵とは、店主の昔なじみだという。そして笹屋は、近くにある料理屋だった。

「また、あの女のところですか」

奉公人は苦笑した。

笹屋にいる酌取女のところに、このところ店の主人は毎日のように通っている。歳の頃は二十七、八だが、二十歳そこらにしか見えないほど若い。身の上を聞くと、亭主と二人でこの栗橋にやってきたものの、男の脚にある疵《きず》が痛むために、この栗橋に滞留して妻が酌取女をすることでなんとか活計《くらし》を立てているのだそうだ。

境遇に感じ入った店の主人は、何かにつけてその酌取女を呼んでは、駄賃を渡すようになったのだという。

「名前は何と申しましたか、その女……」

奉公人が訊ねると、女主人――お峰《みね》は、忌々しそうに言った。

「お国《くに》って言うらしいよ。まったく、長く連れ添って面倒見てきてやったのに……文助《ぶんすけ》、悪いけれどちょっと、笹屋に行って伴蔵《ともぞう》の様子を見てきてくれるかい?」

お峰はつい、江戸にいた頃の癖で、店の主人のことを名前で呼んだ。

そう言われて、文助と呼ばれた奉公人は、

「畏まりました」と、恭しく頭を下げた。

この文助という奉公人、何でも江戸の大店《おおだな》で手代をしていたものの、田舎の親が病に伏したとのことで辞めてきたのだという。そして、親が死んでしまったので、こうして栗橋で仕事を探していたらしい。

そんなわけで、最近入ってきたばかりの若い奉公人だった。けれどもお峰のほうでは、何でもよく気が付くし愚痴も聞いてくれるので、この文助をずいぶんと重宝していた。


文助が主人の伴蔵を連れて戻ったのは、それから一時ばかり経《た》ってからのことだった。伴蔵はひどく酔っているらしく、文助に担がれるようにして、ようやく店に入った。

「今日はもう店じまいだ。店の者も、早く寝てしまいな」

そう言ってどっかりと腰掛けると、

「……奥はどうした?」と、文助に訊ねる。

「お呼びして参りましょうか?」

「いや、それには及ばねえ」

伴蔵は覚束ない足取りで、立ち上がった。

文助は、主人が倒れたりすることのないよう、慌てて後を追う。

そんな文助に構わず、伴蔵はドンドンと奥の部屋へと進んでいく。襖《ふすま》を開くと、妻のお峰が古い着物を手に、縫い物をしていた。

「お峰……また寝ずに働いているのか。もう、そんなことしなくても食っていけるんだから、夜延《よなべ》はよしねえ。一杯飲んで、さっさと寝ようや」

伴蔵が声をかけると、お峰は呆《あき》れたように目を細めて、

「酒を飲むにしたって、肴《さかな》なんて何にもありゃしないよ」と、苛立《いらだ》たしげに言った。

「別に、漬物に醤油でも掛けてくれればそれでいいさ」

「およしなよ。家で酒なんか飲んだって、旨くもない。あたしみたいな婆さんじゃなくて、笹屋へ行って、あのお国って娘に酌でもしてもらいな」

「……なに？　お国がどうしたって？」

お峰の刺々《とげとげ》しい口ぶりが、気に入らなかったらしい。伴蔵は乱暴に吐き捨てる。

するとお峰は、一気にまくし立てた。

「今さら隠すこともないだろ？　別に、惚れたって構わないよ。それに、男が働いて稼いだ金を何に使おうが構わない。でも、あの女には亭主がいるそうじゃないか。そんなのに関わり合わないほうが身のためだよ」

こうしてお峰に強気な態度に出られると、伴蔵はつい押し黙ってしまう。口が上手くない質《たち》だから、江戸にいた頃からずっと口喧嘩では言いくるめられてきた。その関係は、栗橋に移ってきてからも変わらなかった。

「まあ、そう怒るな。別に、あの女とは何かあったわけじゃねえ。俺だってずいぶん道楽してきたんだから、今さらしくじるようなことはねえし、金だってそんなに使っていねえからよ」

伴蔵は急に殊勝な態度になって、お峰をなだめようとする。

けれども、このときばかりは逆効果だった。

「何言ってるんだい。最初のときに三分、その次に二両。……これくらいならまだいいよ。それから、三両と五両を二度ずつやって、今度は二十両だ。締めて三十八両と三分にもなったじゃないか」

「てめえ……誰から聞いた⁉ 久蔵か？」

「そんな金があるんだったら、妾《めかけ》にして側にでも置きなよ。そうしてあたしは別に、関口屋の出店でございますって、他でやるから。アンタはそのお国って娘と一緒にやりゃあいいじゃないか！」

「何言ってるんだ！ 向こうには亭主がいるんだから、そんなこと……」

「だいたいアンタなんかついこのあいだまで、萩原《はぎわら》様の小さな孫店《まごだな》を借りて、奉公人同様に小遣いをいただいてた身分じゃないか。それを忘れて、女遊びなんて」

「そんなこと、でかい声で言わなくてもいいだろう……店の者に聞かれる」

「別に構わないよ。もうここを出ていくから」

「だから、わかった。もうあそこにはいかねえから……」

「いいから、お金を百両私におくれな。長年、アンタのために苦労してきたんだ。あの幽霊からもらったって態《てい》で盗んできた百両――あれならもう、惜しくはないだろう！ 萩原様を殺して海音如来《かいおんにょらい》のお像を盗み取って、花壇の中へ埋めておいたんだ。あれを売って……」

お峰がそこまで言いかけた瞬間。

「黙れ、この阿魔《あま》！」

伴蔵はとっさに立ち上がり、お峰を拳で打った。

殴られたお峰は哮《たけ》り立ち、

「あたしは、縛られて首を斬られてもいい。あんたも道連れにしてやるから！」と、涙声を振り絞る。

伴蔵はほとほと困り果て、大きく息を吐いた。

「しょうがねえなあ……萩原様は、幽霊に憑き殺されたって言ったろうが」

頭を掻《か》きながら漏らすように声を出すと、

「おい、文助。そこで聞こえていたろう。お峰をなだめてやりな」と、部屋の外に向かって声をあげた。

お峰はあの文助という若い奉公人に惚れている。

そのことに、伴蔵は気が付いていた。というのも、自分が若かった頃――お峰がまだ自分に惚れていたときの態度と、この文助という男に見せる態度とが、そっくりだったからだ。

しかし、文助は現れなかった。もう寝てしまったのだろうか。

「……まったく、面倒くせえ。俺が悪かった、堪忍《かんにん》してくれ。もう、あの女のところへなんぞ金輪際行かねえから……お前ともう一度、裸足になって苦労するからよ」

伴蔵はお峰の耳元で囁《ささや》くように言うと、お峰の手首を取って引き寄せた。

翌日。伴蔵はお峰に好きな着物を買ってやるといって、幸手宿《さってじゅく》に連れ出した。呉服屋で二人の着物を買い、茶店で一杯やって食事をする。

昨日の晩に優しくしてやってからというもの、お峰はすっかり機嫌が直り、伴蔵に甘えるような素振りを見せている。

お峰の頬が朱で染まってきたところで、伴蔵は利根川《とねがわ》のほうに足を向けた。

「どうしたんだい、こんなところに」

お峰が不思議そうに訊ねると、

「前に萩原様の畑に埋めた海音如来を、江戸に仕入れに行くときに掘り出しておくって言っただろう?」と、答えた。

「あれ……そうだっけね?」

「店に置いておくわけにもいかねえからな。持ってきて、川の近くに埋めておいたんだ。お前とやり直すと決めたからには、少し金を用意しないといけねえからな」

「そうだったのかい。それなら、さっさと掘り出してしまいなよ」

「まあ、そう慌てるな」

「いいじゃないか。この辺りなら、人通りも少ないんだからさ」

「そうだな……」

お峰の言葉を聞いて、伴蔵は左右にチラリ、チラリと視線を向けた。

確かに、人通りは少ない。

往来は三叉路になっている。右に向かえば新利根川、左に向かえば大利根川だ。

ちょうど空がどんよりと曇ってきた。

やがて、新利根川のほうに向かって歩くうち、ぽつりぽつりと雨粒が落ち始める。すると、周囲にある建物をぼんやりと灯《とも》していた灯籠のあかりも消え、人々の行き来もピタリと途絶えてしまった。

やがて、土手に差しかかる。

「ずいぶんと寂しいところだねえ。いったいどこへ、如来様を埋めたんだい?」

お峰が、川のほうをぼんやりと眺めながら訊ねた。

「ああ、そうだな……」

生返事をしながら、伴蔵はゆっくりと、音を立てぬように、脇差を抜いた。

そして、お峰が二歩、三歩と前に進み出たところでいきなり、ドンとぶつかる。

伴蔵はお峰の背後から、肩甲骨をめがけて切り込んでいた。

お峰は悲鳴をあげ、地面に倒れ伏す。それでも、必死の形相で立ち上がると、よろよろと前に進み出て、伴蔵の着物の裾に獅嚙《しが》み付いた。

「……アンタ…………あたしを殺して、お国を女房に持つ気だね」

「それもそうだがな……ああやって、萩原様の家で起きたことをペラペラ喋《しゃべ》られちゃ、たまらねえんだ」

早口に言うと、伴蔵はそのまま脇差を逆手に持ち直し、お峰の乳の下に体ごとドスッと突き込んだ。

お峰は七転八倒の苦しみ。

しかし、このまま死んでたまるかと、なおも伴蔵の裾を握る。

「言ったろう……萩原様を殺した報いだ。あたしは殺されたって構わない。けれども、アンタとお国って女が死ぬまで祟《たた》ってやる」

お峰が離れようともしないので、伴蔵は自分の裾を握っている彼女の指を、一本ずつ切り落とした。そのたびに、辺りに絶叫がこだまする。

すべての指を切り落とされ、伴蔵の着物を握っていることもできなくなったお峰は、そのまま顔から地面に倒れ伏した。

伴蔵はお峰の後頭部を足で何度も、動かなくなるまで踏みつける。

雨の中返り血でべっとりと濡《ぬ》れた着物を脱いで、幸手の街で買った真新しい着物に着替えた。

そして踵《きびす》を返し、栗橋宿までおよそ二里の道のりを駆けていった。

自分の店に着くなり、拳で慌ただしく門を叩《たた》く。

「文助……文助、俺だ。開けてくれ」

すると、店の奥から出てきた文助は、どういうわけかずぶ濡れだった。

伴蔵はそんな文助の様子を気に留めることもなく、一気にまくし立てる。

「たいへんだ……さっき新利根川の土手で、五人の追い剝《は》ぎに襲われて、胸ぐらを摑《つか》まれた。俺は手を払って全力で逃げたが、お峰が土手のほうに逃げたから、もしかすると怪我をしたかもしれねえ。どうか、店の者で探してくれ」

そう言われて文助は大いに驚き、店の者たちを全員呼び出した。

皆で棒を携えて新利根川の土手に向かうと、お峰は目も当てられないような無惨な亡骸《なきがら》でみつかった。

「お峰……お峰ーっ！」

伴蔵は涙を流して号泣した。

そんな伴蔵のことを疑う者など一人もおらず、お峰は追い剝ぎに斬り殺されたということで、事件は片付けられてしまった。

伴蔵の周りでおかしなことが起こり始めたのは、ちょうどお峰の初七日を終えたときからだった。寺参りを済ませて伴蔵が店に戻ると、文助が駆け出してきた。

「たいへんでございます！」

「……どうかしたのか？」

「お増《ます》の様子がおかしいのです」

文助の案内で女中部屋に向かうと、女中のお増という三十一歳になる女が、さっきから急にガタガタと震え始めたという。やがて、うーんと唸《うな》ってその場に倒れ、それからずっと譫言《うわごと》を言っているらしい。

あまりにも様子がおかしいので、文助は他の女中や奉公人たちを店のほうに行かせ、お増を一人で寝かせておいたのだという。

「おい、どうした？」

伴蔵は、お増が頭からすっぽり被っていた掻巻《かいまき》の裾を、ぐいっと摑んで引き剝がす。すると、

「痛い……痛いよう……」と、微《かす》かな声を漏らしている。

しかしその声は、どうもお増のものとは聞こえなかった。お増はもっと、甲高い声をしていたはずだ。それなのに、もう少し年嵩《としかさ》の女が出すような、やや嗄《しわが》れた低い声だ。

「お増、気を確かにしろ。どこが痛いんだ？」

伴蔵の言葉に、お増はしばらく返事をしなかった。やがて、

「貝殻骨と脇腹が痛い……アンタに斬られた疵と、突き刺されたときの疵が、痛い……」と、やっと伴蔵の耳に届くくらいの声で言った。

貝殻骨——肩甲骨のことだ。

伴蔵は息をすることも忘れて、じっとお増を見た。

とっさに文助に視線を送る。

……文助には、今の言葉が聞こえなかったのだろうか。

心配そうに、お増を覗《のぞ》き込んでいる。

「風邪をひいて、おかしな夢でも見ているんだろう。蒲団を重ねて、寝かしつけてしまいな」

伴蔵は文助にそう命じて、自分の仕事に戻った。

けれども、その夜。

伴蔵が仕事を終えて床につくと、枕元に気配を感じた。

ハッと目を覚まして、上を見上げる。

すると、掻巻をいくつも重ねて女中部屋で寝ていたはずのお増が、枕元にきちんと正座をして、じっと伴蔵の顔を見下ろしていた。

「うわっ！」

伴蔵は思わず、小さな悲鳴をあげ、

「……どうしたんだ、お前？」と、起き上がった。

「伴蔵さん……私、こんなに苦しいことはありません。貝殻骨のところを斬られた上に、乳の下まで脇差でズブリと刺されたんですから………どうか後生ですから、命だけは助けてくださいまし」

そう言ったかと思うと、お増の顔がみるみる赤みを帯びてきた。

だんだんと疵が現れる。

伴蔵が何度もお峰の頭を踏みつけたときの疵だ。

歯が折れて、ポロリと落ちる。

そこから血がどくり、流れ出る。

目からこぼれ落ちる涙にも、赤い血が混ざっていた。

やがて、しだいに顔はひしゃげていき、元の形を留《とど》めなくなる。

顔の肉が削《そ》げ、骨まで露《あら》わになる。

すると今度は、貝殻骨のところから肩がガクッと下がった。そこから溢《あふ》れ出た血潮で、肩と胸のあたりとが真っ赤に染まる。

「ヒイッ！」

伴蔵は、慌てて後ずさった。

ふと気が付くと、ただお増がじっと座っているばかりだ。顔に怪我をしているわけでもない。

「お増……お前…………」

呼びかけに応じることもなく、お増は滔々《とうとう》と恨み言を口にした。

「一緒になってから、八年も貧乏して苦労してきたのに……ちょっと若い女ができたからって、あたしを殺してその女と一緒になろうなんて、あんまりひどいじゃないか………」

伴蔵はたまらず寝間から逃げ出し、文助を叩き起こした。

きっとお増は、狐にでも憑かれたに違いない。

けれども、このまま変なことを譫言で口走られたら、いつ自分にお峰殺しの疑いがかかるかわからない。

「なんとかならんか……」

伴蔵が頭を抱えると、文助は答えた。

「ちょうど、腕の良いお医者様が、江戸から幸手にいらしているそうでございます。私もよく存じ上げている方ですから、明日の朝にでもお呼びしましょうか?」

文助の申し出に、伴蔵は二つ返事で頷《うなず》いた。


「いやあ……これは奇遇。江戸で知り合ったお方とこの栗橋でお会いして呼ばれてみれば、なんとあなたでございましたか。関口屋の御主人でいらしたとは……これはたいそう、立派になられましたな」

文助が連れてきた医者を見て、伴蔵はがっくりと肩を落とした。

山本志丈《やまもとしじょう》——萩原新三郎《しんざぶろう》のもとに出入りしていた、あの藪《やぶ》医者である。

「これはこれは、志丈様。誠にお久しぶりでございます」

伴蔵は、急に萩原新三郎の孫店にいたときと同じような態度になって、へこへこと志丈に頭を下げた。

「誠にしばらく。いやあ……私もとうとう、江戸で食い詰めましてな。猫の額のような家を売り払って、日光辺りの知り合いでも頼りにしようと幸手に来たところ、どうも薬師《くすし》らしいから熱病で魘《うな》されている病人を診てほしいと頼まれまして。別に、私が作った薬で治ったわけではなく、ひとりでに治ったのでございますがな。急に、名医だという評判になったものですから、しばらくこちらに逗留《とうりゅう》することにいたしました」

相変わらず、口だけはよく回る医者だ。

伴蔵は志丈から顔を逸《そ》らし、気づかれぬように舌打ちをした。

「それにしても、君の細君はお達者ですかな。お峰さんとは久しくお目に掛かっておりませんで、ぜひ御挨拶をしたいものでございますな」

「あれは……」

志丈の言葉に、伴蔵は口ごもった。

しかし、追い剝ぎに殺されたと言いでもしたら、またお幇間《たいこ》医者の話が長くなる。それで、「まずはちと、家の者に具合の悪い者がいるんだ。先に診てはくださらねえか?」と、志丈を女中部屋に連れ出した。

夜が明けてから、お増の様子は少し落ち着いていた。

蒲団に戻って寝ることはなかったが、掻巻の上にきちんと正座をして、じっとその場を動かずにいる。

「あまり具合が悪そうとも見えませぬが……お加減のほどはいかがでございましょう？」

志丈が訊ねると、お増は眉間に皺《しわ》を寄せて凝《じっ》と見返し、

「あら、志丈様。お久しぶりでございます」と、両手を蒲団に衝いて頭を下げた。

さすがの志丈も、目の前で起きたことがよくわからないらしい。

腕組みをしてしばらく天井を見上げていたが、

「あの……どこかでお会いしたことがございましたでしょうか？」と、言いにくそうに訊ねた。

するとお増は、当たり前のように答える。

「いやですよ、志丈さん。ご存じのとおり、私ども夫婦は萩原新三郎様が幽霊に取り憑かれて亡くなられてから、江戸から逃げてきたんじゃないですか。幽霊から百両のお金をもらって、その代わりに萩原様が貼られていた御札を剝がしたなんて、露見しちゃまずいでしょう」

「お増……お前、何を言い出すんだ⁉」

お増の言葉に、伴蔵は目を丸くした。

けれども志丈は、気にしない様子でいる。

「ああ、そうそう。御札を剝がしたという話、私は江戸にいた時分に、伴蔵さんから聞かせてもらいましたよ。あまりに面白い話なので、あちこちで話の種にして振りまいておりました。

あなたも、伴蔵さんから聞かされましたか」

志丈はどうやら、お増という女中が、他人から聞いた話をまるで自分が体験したことのように思い込んでしまうという心の病を患ったと解したらしい。もともと幽霊の話は伴蔵から聞いていたので、それほど気に掛けていないらしかった。

「まあ、心の病に効くかどうかわからないけれども、薬だけは出しておきましょう。それでも良くならないようなら、暇を出して宿にでも泊まらせておくとよろしいでしょうな」

そう言われて伴蔵は、いくら藪医者でもいちおうは薬師だろうということで、念を入れて志丈からもらった薬を飲ませ、さらに暇を出してしばらく休ませた。すると、ふた時もしないうちに、お増は元通りになったのだという。

けれども伴蔵が息をついたのもつかの間、その日の夕方になると今度は別の女中が、お増と同じように譫言を口走るようになった。再び薬を飲ませて暇を出すと、今度は男の奉公人が譫言を言い始める。

薬を飲ませて暇を出し、また別の者に薬を飲ませて暇を出しと繰り返すうち、だんだん伴蔵は苛立《いらだ》ちを募らせるようになっていった。そして、数日後には、奇妙な症状を起こさなかった文助を除いて、すべての奉公人が関口屋からいなくなってしまった。

志丈が様子を見に行くと、伴蔵は脇に文助を控えさせて、頭を抱えた。

「いったい、何がどうしたっていうんだ……」

志丈の言うとおりにしていれば、いちおう奉公人たちは元通りに治っていたのだ。そのため伴蔵は志丈を責めることもできず、愚痴をいうことくらいしかできなかった。

「次は、文助さんの番ですかな」

志丈は茶を啜《すす》りながら暢気《のんき》な様子で言ったが、

「それにしても、お峰さんだと名乗った奉公人たちが皆、自分は殺された、肩と脇腹が痛いと言っていたのは、どういうことでございましょうな」と、さすがに疑念を向け始める。

伴蔵は、もはや隠し通すことはできないと思ったか、ジロリと志丈を睨《ね》め付けるように見上げると、ゆっくりと口を開く。

「……実はな、幽霊に頼まれたとか、萩原様がああして憑き殺されたというのは、みんな俺が作った話なんだ」

伴蔵は志丈と文助とに、飯島《いいじま》の娘であるお露《つゆ》と、萩原新三郎の事件の真相を語り始めた。

お露とお米《よね》を縛ったまま放置して殺し、百両を盗んだのは自分である。

そして、お露が新三郎に焦がれ死をしたという噂《うわさ》を流し、新三郎の様子をおかしくした。

彼が新幡随院《しんばんずいいん》の良石和尚《りょうせきおしょう》からもらった海音如来を奪い取るべく足で肋《あばら》を蹴って殺し、新幡随院にあったお露のものとは別の墓から、新しい亡骸を取り出して新三郎の亡骸の隣に並べた。

それからいろいろと法螺《ほら》を吹いて近所の者を怖がらせ、最後に栗橋に来る前に飯島家に忍び込んだが、そこでは結局何も盗ることができなかったという。

「お峰のやつを殺したのも、俺だ。あいつが悋気《りんき》を起こして怒鳴ってきたから、仕方なく騙《だま》して土手へ連れ出したんだ」

志丈と文助は、伴蔵の話を黙って聞いていた。

けれども、伴蔵がすっかり話し終えると、志丈は急に大声を出して笑い始めた。

「はっ、はっ、はっ……。伴蔵さん、あなたはよく仰いました。たいていの者は自分の罪を隠し通そうとするものだが、それでかえって露見してしまう。それに比べれば、伴蔵さんは本当の悪党でございますな」

幇間医者《たいこ》のおべっか調子で、志丈は続ける。

「よろしい。この山本志丈、お喋《しゃべ》りではあるが、こうして真相を話してくれたとは、こちらを信じていただけたものと存じます。今の話だけは、他の誰にも口外しないようにいたしますよ」

その言葉を聞くと、伴蔵は大きく息を吐いて、懐に入れてあった紙入れから二十五枚の小判をすっと志丈に差し向けた。

「よろしく頼むぜ」

「ああ、もちろんだとも。では、互いに秘密を共有したもの同士。これから飲みにでも行きましょうか。どうだい、あなたも」

志丈が文助に声をかけると、文助はひと言、

「では、ご一緒いたします」と、言って頭を下げた。

どこまでも、主人に忠実な男だ。

伴蔵は内心で感心しながら、

「だったら、笹屋へ行こうか。俺の馴染《なじ》みがいるから」と、口に出した。

「ほほう……お峰さんが悋気を起こす元になった女ですな。私などは助平なほうでございますが、幸手に来てからは仕事が忙しくて、なかなか遊びにいくこともできませんでした。ぜひ、御一緒いたしたく」


伴蔵と志丈は、文助を従えて笹屋に向かった。

街道沿いの田舎にある飯屋としては、食事も酒も美味いと評判の店だ。

まだ夕刻までだいぶ時間があったが、店の中は既に多くの客で賑わっていた。

伴蔵はそんな客たちを脇目に奥の座敷に通されると、志丈、文助の二人と酒を酌み交わした。

「それにしても……どうして一人だけ、お峰さんに憑かれずにいられたんでしょうな」

志丈はさかんに首を傾げていたが、文助は、

「私めはまだ関口屋に奉公を始めて日が浅いので、気が張っているのでございましょう」と、淡々と答える。

「志丈さん、この文助というやつはよく働くよ。こいつが一人いれば、他の奉公人がいなくなったとしても、また店をやり直せるだろうさ」

今まで隠していたことをすっかり話して、気が楽になったのだろう。伴蔵は舌滑らかに言っ

て文助の肩を叩き、

「そろそろ、あいつを呼んできてくれねえか」と、頼んだ。

文助のほうでは、それだけでもう了解している。

すぐに部屋を出ると店の主人に掛け合って、酌取女のお国を呼び出した。

すると、お国は座敷に入るなり、黄色い声をあげる。

「あら、志丈さん。久しぶりじゃないか！」

「おお、これはお国さん。なんたる奇遇！」

志丈がお国と同じように高揚した素振りでいると、伴蔵は不審そうに口元を歪《ゆが》めた。

「なんだい、知り合いかい？」

伴蔵の問いかけに、志丈が答える。

「知り合いもなにも。このお国さんは、江戸の牛込《うしごめ》にある飯島平左衛門《へいざえもん》様のお屋敷で女中として奉公して、平左衛門様の妾をしておられた。そうそう、あなたが――」

――あなたが殺した、お露殿の実家でございます。

そう言おうとして、志丈は口を噤《つぐ》んだ。

「あなたがお仕えしていた萩原新三郎に惚れていたという、飯島のお嬢様のところに、私は出入りしておりましたからな。お嬢様の御実家のほうへも、よく参っておったのです」

志丈はひどく慌てた様子で言い繕うと、お国のほうを向き直った。

「こちらのお国さんの御亭主もよく存じております。宮野辺源次郎《みやのべげんじろう》殿……今は、飯島平左衛門殿を斬り殺した廉《かど》で、お尋ね者になっておりますからな。それどころか、このお国さんは、飯島様のお屋敷から大金と印籠を盗み出して見せたんですから、なかなかのものでしょう」

……なるほど、どうりで飯島の屋敷に忍び込んだときに、娘が住んでいた別邸と同じように地袋を探しても何もみつからなかったはずだ。

伴蔵は志丈の話を聞いて、ようやく腑《ふ》に落ちた。

しかも、お国の亭主の名前まで教えてくれたというのは、志丈のお喋りもたまには役に立つではないか。

「……そうかい。それで、その金はどうしたんだ？」

伴蔵は、お国に目を向ける。そんな大金があるのなら、こんな街道沿いの安い飯屋で酌取女をしている必要もないはずなのだ。

お国は忌々しそうに、鼻で笑った。

「その金は、亭主の薬代に使ってしまいましたよ。あの人、飯島様に斬りかかったときに返り討ちに遭って、脚を斬られてね……まったく、脇腹にひどい怪我をしていたって相手に、何をもたもたしていたんだか。だから、越後《えちご》の村上《むらかみ》にあるあたしの実家に行ったんだけれど、追い出されてね。亭主を江戸の御奉行様のところに突き出すためにいろいろ言いくるめて、江戸に向かうための駄賃稼ぎにこうしているってわけさ」

「……そうか、それな難儀だったな」

「だからさ、伴蔵さん。あんな男はここで野垂れ死にでもさせればいいから、さっさとあたしと一緒になろうよ」

お国は伴蔵にしなだれかかり、甘えた声を出した。

似たもの同士というのは、惹《ひ》かれ合うものなのか。

お国が今の境遇になった経緯《いきさつ》を聞いて、伴蔵はほくそ笑んだ。

けれども、栗橋は生まれの土地だ。店も持っているからには、ここで悪事を重ねるわけにもいかない。

「俺と一緒になるなら、手切れ金くらいは払ってやるさ」

「あら、いいんだよ」お国はひらひらと手のひらを前後に振りながら続ける。「あの人はお上だけじゃなく、御武家さんにも追われているんだ。相川孝助《あいかわこうすけ》って言ってね、飯島の屋敷で草履《ぞうり》取《とり》をしていたクソ真面目で面白くないやつが、殿様の仇討《あだう》ちだと言って探してる。そのうちにきっと、居場所をつきとめられるんじゃないかねえ」

そこまで言ってお国は、伴蔵の脇に控えていた文助のほうを向いた。

「そうだ、伊助《いすけ》さん。あんた……確か相川様のところにも出入りしていたろう？　江戸に戻って、居場所を教えてやったらどうだい？」

文助が伊助と呼ばれたのを聞いて、伴蔵は顔を顰《ひそ》める。

「伊助？　こいつは文助というんだが……」

「何言ってるんだい？　この人は、伊助さんだよ。江戸の商家でお手代をしていたからって、御用聞きに飯島の屋敷や相川様の屋敷に出入りしていたんだ。そうだろう、志丈さん？」

お国に言われて、志丈も頷いた。

「ああ、この伊助さん。私がいったん本郷《ほんごう》に移ってすぐの頃に、店に客としてやってきましてな。伴蔵さんが話していた幽霊の話を、たっぷりと聞かせてやりましたよ」

お国、志丈、そして伴蔵の視線が、いっせいに文助――伊助に集まった。

伊助は、しばらく三人を見返し、やがて口元に微笑を浮かべたかと思うと、涼しい顔で目を細めた。

「私も、いろいろと悪事をはたらいて参ったものでしてな……どうにも一つの名前では、生きていくことができんのです。こうして、主人とお国殿の悪事をお聞きしたのも何かの縁、私も一つ混ぜていただけませんか……？」

「混ぜるって、どういうことだ？」

伴蔵はギロリと、伊助を睨《にら》みつける。

そんな視線をもろともせず、伊助は答えた。

「新幡随院の良石和尚から萩原新三郎が授けられたという海音如来像、まだ江戸のどこかに埋めておるのでしょう？　しかし、伴蔵様はそう易々と江戸に戻って掘り起こすことはできないし、売ることも難しい。……でしたら、私がそのお手伝いをさせていただきとう存じます」

「信じろって言うのか？」

「ええ、御礼は結構。こうして、伴蔵様の下で働かせて頂くだけで、十分でございますとも」

伊助は両手を畳の上に衝いて、深々と頭を下げた。

伴蔵にしてみれば、海音如来像を金にするのに危険が少しでも回避できるというのは、悪い話ではなかった。しかも、礼はいらぬという。

「わかった……もし金にできたときには、お前を店の番頭にしてやろう」

伴蔵が真面目くさった顔をしていうと、伊助は、

「ありがたく存じます。精一杯働きますので、どうぞよしなに」と、表情を他の三人に見られぬようにして、深々と頭を下げた。

八　宇都宮《うつのみや》の仇討《あだうち》

相川孝助《あいかわこうすけ》のもとに政吉《まさきち》と名乗る男がやってきたのは、孝助が宮野辺源次郎《みやのべげんじろう》とお国《くに》とを追って越後《えちご》の国に赴いたものの、結局はみつからないまま江戸の屋敷に戻ってきたときのことだった。既に、飯島平左衛門《いいじまへいざえもん》が源次郎に討たれてから、一年の月日が流れていた。

「お頼み申します」

門のところから声が聞こえて、相川の屋敷で奉公している善蔵《ぜんぞう》が対応すると、隠密廻《おんみつまわ》り同心である高遠伊助《たかとういすけ》の御用聞きだという。

同心の御用聞きが、なぜ武家の屋敷へきたのだろう。

善蔵はさかんに首を傾《かし》げたが、どうしてもとのことなので、仕方なく孝助のもとに通すことにした。

けれども、なかなか孝助は出てこない。

ようやく顔を出したと思うと、政吉に向かって申し訳なさそうに頭を下げた。

「申し訳ございません。乳飲み子の相手をしておりまして」

聞けば、孝助が宮野辺源次郎を探して仇討ちの旅に出ているあいだに、妻のお徳《とく》が男子を産んだのだという。

「それは、たいそうめでたいことでございますな」

政吉はひととおり祝いの言葉を述べると、急に真面目な顔付きになった。

「さて、本題ですが……旦那は宮野辺源次郎と、その妻お国をお探しと伺ったんですが」

二人の名前を聞いて、孝助はすうっと背筋を正した。

「御用聞きが、なぜそれを……」

「主人の高遠伊助が、亡くなられた萩原新三郎《はぎわらしんざぶろう》様と、飯島平左衛門様の娘お露《つゆ》殿についての風聞を集めておりまして……」

「お露様の？」

「へえ。それで、事情を知っていそうな伴蔵《ともぞう》という萩原様の孫店《まごだな》に住んでいたやつについて調べているうちに、お国の居所がわかったんだそうで。高遠様は別に仕事がおありなので、私めが代わりに参じました」

「それは、誠でございますか！」

孝助は思わず腰を浮かせ、摑《つか》みかからんばかりの勢いで政吉に迫った。

すると、政吉は少し驚いたように目を開いたが、すぐにチラチラと周囲を見渡す。

「どうかされましたか？」

孝助が訊《たず》ねると、政吉は顔を孝助の耳元に寄せて囁《ささや》いた。

「もし話を誰かに聞かれて、向こうに知られでもしたら、逃げられるかもしれないんで。どうかお一人で、付いてきていただけますか？」

もしかすると相川の屋敷の中に、宮野辺の家と通じている者がいるのだろうか。

そういえば、かつてお徳と自分との婚礼を妨げようと襲ってきた相助《あいすけ》という男は、この屋敷で奉公していた。今でも屋敷の誰かが相助と連絡を取っていれば、こちらの動きが宮野辺源次郎に知られていても不思議ではない。

「……わかりました、どちらへ行かれますか？」

孝助は、政吉と同じくらいの声で訊ねた。

その言葉に、政吉が答える。

「飯島様の墓所……新幡随院《しんばんずいいん》ということで、いかがでしょう？」


新幡随院に着くと、孝助はそのまま飯島平左衛門の墓に向かった。

平左衛門が亡くなってから、既に一年の歳月が流れている。そのあいだ、孝助は越後の村上《むらかみ》をはじめ宮野辺源次郎が行きそうなところを巡ったが、仇討ちを果たすことはできずにいた。

墓の前で手を合わせていると、主君に対して申し訳ないように思えてくる。

孝助は、しばらくのあいだ墓に向かってじっと立ち尽くしたまま、動くことができずにいた。

ようやく本堂に回ると、政吉が既に呼んでくれていたらしく、良石和尚《りょうせきおしょう》が待ち構えていた。

政吉と親しげに談笑している。

……この二人は馴染《なじ》みなのだろうか。

そう思いながらも、孝助は首《こうべ》を垂れた。

「相川孝助と申しまする。本来でしたら、主君飯島平左衛門の葬儀の折に御挨拶に伺うべきところでしたが、たいそう失礼をいたしました」

孝助が丁重に挨拶をすると、良石和尚は、

「まあまあ、そう畏まらんでも良い」と、軽い調子で応じた。

孝助と政吉は、良石和尚の前で、宮野辺源次郎の居所について話をした。どうも、少し前まではお国とともに栗橋宿《くりはしじゅく》にいたものの、お国が源次郎を連れて宇都宮に向かったとの情報が、隠密廻り同心の高遠伊助から伝えられたらしい。

「おそらく、宮野辺源次郎を宇都宮に捨てて、また栗橋に戻るつもりなんでしょうな。宮野辺源次郎は飯島平左衛門とやりあったとき、脚に大きな疵《きず》を受けたっていうから」

政吉は、孝助に向かってそう説明をした。

「なぜ宇都宮に？」

「どうもお国の妹が住んでいて、しばらくのあいだ、かくまっているらしいです」

隠密廻り同心の御用聞きというだけあって、さすがにいろいろなことを知っている。孝助は、はじめからこういう伝手を使っておけばもっと早く仇討ちもできただろうと、後悔していた。

孝助と政吉が話を終えると、

「そろそろよろしいか？」と、良石和尚が口を挟む。「すぐにでも宇都宮に向かいたいところであろうが、一日だけ待ちなさい」

「何故でございますか？」

「神田旅籠町《かんだはたごちょう》に、白翁堂勇齋《はくおうどうゆうさい》という人相見が住んでおる。かつて、萩原新三郎の孫店に住んでいた者だ。そこへ行けば、いち早くお主の望みは叶《かな》うであろう。それにな……お主には剣難の相が出ておるでな。剣《つるぎ》の上を渡るような危うさがあるかもしれぬが、それを恐れて後へ退くようでは望みは叶わぬ。進むに利あり、退《しりぞ》くに利あらずというつもりで、常に四方に注意を払いながら、たとえ向かう先に鉄門があろうともそれを突っ切るくらいの心を持つが良かろう」

良石和尚の口ぶりは、まるで飯島平左衛門から剣術の教えを受けているときのように、孝助の心に響いた。そういえば飯島家でも、相川家でも、良石和尚はまるで世界のすべてのことを知っているかのように尊い方だという話を聞いたことがある。

孝助はふと、平左衛門に剣術の稽古をつけてもらっていたときのことを思い出した。そして、政吉と良石和尚とに気づかれぬよう、そっと滲《にじ》んだ涙を拭った。

その日の帰り路。

孝助は良石和尚から言われたとおり、夜道を四方に注意を配りながら歩いていた。

谷中《やなか》の新幡随院から水道端《すいどうばた》にある相川の屋敷に戻る前に、ふと、根津《ねづ》を通りかかった。

「この辺りは萩原新三郎様の事件があってから、だいぶ住む者も少なくなっていたな」

孝助についてきた政吉が、独り言のように言った。

政吉は、これから八丁堀の亀島《かめしま》に出て、主人である高遠伊助の屋敷で食事を馳走になるのだという。そのため、途中まで一緒に歩くこととなった。

「ここしばらくで、だいぶ人が戻ったようにも見えますが……」

孝助は、道の両脇に立つ建物に、チラリと目配せをして答える。

「それでも、幽霊が出たっていう萩原様の屋敷と、その周辺の長屋だけは、今でも誰も住みやしねえです」

政吉はぼんやりと返事をした。

けれども次の瞬間、ピーッと甲高い指笛が鳴ったかと思うと、すうっと背筋を伸ばして目を細める。

孝助は、ハッとした。

この政吉という男、御用聞き……だったはずだ。

しかし、指笛が聞こえた瞬間の態度は、素人のものではない。明らかに何かしらの武芸か剣術を身に付けた者のしぐさだ。

するると、すっかり草に覆われた萩原の屋敷の奥から、急に人が飛び出てきた。

血に濡《ぬ》れた刀を、手にしている。

孝助の姿を見るや、敵と思い込んだのだろうか。

いきなり物も言わずにその刀を振り上げた。

だいぶ興奮しているのか……あるいは、精神が錯乱して我を失っているのか。

けれどもそこは、真影流《しんかげりゅう》の奥義を飯島平左衛門から受け継いだ孝助のこと。

グッと腰を低くしたかと思うと、するりと太刀を抜く。

よく手入れをされた、天正《てんしょう》助定《すけさだ》。飯島平左衛門が死の間際に、孝助に渡した太刀だ。

すると、相手が斬りかかってくる前にクルリと太刀をひっくり返す。刃を斬りかけるのではなく、峰《みね》で相手をしようというのか。

男が、血に濡れた刀を振り下ろす。

ガキッと鋭い音がして、火花が散る。

その反動で、男は二歩、三歩、後ずさった。

「申し訳ございませぬ！　一人、山本志丈《やまもとしじょう》が斬られました……政次《まさつぐ》様、お気をつけを！」

男の後ろから、若い別の男——商家の手代のような身なりをした男が、大声を張り上げる。

すると、政次と呼ばれた政吉は、

「……まったく、伊助のやつ。相変わらず甘いな」

そう呟《つぶや》いたかと思うと、ふわりと体を動かして、太刀を持っていた男に突進する。

いきなりのことに、男は体勢を崩し、刀を地面に落とした。

「今だ、相川殿！」

政吉から声をかけられるや、孝助は逆手に持った太刀を薙《な》ぐ。

峰が男の脇腹にドスッと鈍い音を立ててめり込んだ。

男は立っていることもできず、その場に倒れて昏倒《こんとう》した。

ちょうどそのとき、何十人もの捕方《とりかた》たちが、ものすごい勢いでその場に駆けつけてきた。

「ありがとう存じます。拙者、北町奉行依田豊前守《よだぶぜんのかみ》政次様の組下、金谷藤太郎《かなやとうたろう》と申す……って、御奉行様⁉」

金谷藤太郎は政吉を見るなり、腰を抜かさんばかりに仰天している。

「俺のことはいい。さっさと、この伴蔵という男を引き立てい！」

政吉――北町奉行依田豊前守政次は、厳しい口調で金谷藤太郎に命じた。

「はっ！　畏まりました」

金谷藤太郎は慌てて、御用聞きの石子伴作《いしこばんさく》のほうを向いて、大音声《だいおんじょう》を発した。

「関口屋伴蔵《せきぐちやともぞう》。飯島家の娘お露、その女中お米《よね》、萩原新三郎殺害の罪で引き立てい！」

その声に、群がってきていた捕方たちは、いっせいに倒れた男――伴蔵に縄を掛ける。

その一部始終を見届けて、ふうと大きく息を吐いた依田豊前守のところに、伴蔵の背後から声をかけてきた手代の男がやってきた。

「お怪我はございませんか!?」

「馬鹿者！　伊助……俺の正体をこんなところで明かしてどうする！」

……そっちか、と、伊助は頭を抱えた。

てっきり、伴蔵が山本志丈を殺そうとしていたことから、助けられなかったことを叱責《しっせき》されると思っていたのだ。

けれども、伊助はすぐに気を取り直したように、孝助のほうを向き直った。

「拙者、このような形《なり》をしておりますが、隠密廻り同心の高遠伊助と申します。御協力、ありがとう存じました。先ほどの者は、伴蔵というお尋ね者で、そこに住んでいた萩原新三郎という男を殺害した他、かねてよりいくつもの罪を重ねておりました」

北町奉行依田豊前守政次と、その隠密廻り同心の高遠伊助。そして、伴蔵という男を引き立って行った、同心の金谷藤太郎。

孝助は、自分が巻き込まれた捕物の大きさを理解しかねていたのか、太刀を持ったまま呆然《ぼうぜん》とその場に立ち尽くしていた。

「御礼は追って、北町奉行所から沙汰があるかと存じます。つきましては……」

伊助が続けようとするのを遮って、依田豊前守政次が口を挟む。

「今日はしくじったが、拙者に仕えておる隠密廻り同心は有能でな。面白い者を、宇都宮から連れて参ったそうだ。明日、相川殿は、白翁堂勇齋のところに参るのであろう？　そのときにぜひ、お目に掛けよう。しかし……今日は久しぶりの大捕物で、もう腹が減った。伊助、お主のところで、飯を食わせてもらっていいか？　この相川殿も、御一緒してくださるであろう」

「相川殿もでございますか⁉」

伊助は驚いたが、断ることもできない。もちろん、断れないのは孝助も一緒だった。

結局、三人は連れ立って、亀島にある伊助の組屋敷に向かうことになった。

孝助は道中で、そして伊助の屋敷で、伴蔵がお露と萩原新三郎を殺した事件の顚末と、依田豊前守が政吉という名で伊助の御用聞きをしていることについて聞かされた。

「奉行というのは、いささか退屈で、苛立《いらだ》ちも溜《た》まる仕事でな。ときおり、こうして息を抜かねばやってられんのだ」

そう言って依田豊前守は笑ったが、伊助は何度も繰り返し、このことは世間に露見しないよう孝助に頼み込んだ。

もっとも、孝助のことだから、そう易々とこうした経緯《いきさつ》を口外することもなかろう。

けれども依田豊前守と伊助は、捕まった伴蔵という男が、お国という女と繫《つな》がっていることは決して決して話さなかった。それを話してしまっては、孝助の仇討ちに支障を来すと考えてのことだった。


翌日。

孝助は良石和尚から言われたとおり、神田旅籠町にある白翁堂勇齋の屋敷を訪れた。

前の晩、高遠伊助もここにやって来ると言っていた。けれどもまだ姿が見えないのは、夕べ亀島の組屋敷で、依田豊前守からかなり酒を飲まされていたからだろうかと、孝助は思った。

ひととおりの挨拶を終えて金を払うと、勇齋は天眼鏡を取り出し、しばらくのあいだじっと孝助の顔を見ていた。やがて、

「なるほど……ずいぶんと苦労を重ねて、ここまでやってきたようだな」と、口をへの字に曲げている。

「わかりますか?」

孝助は驚くこともなく、淡々と勇齋に返事をした。

「ああ。それに剣難の相が出ておるので、気を付けるが良かろう」

また剣難の相か。

勇齋の言葉を聞いて、孝助は内心で肩を落とした。

良石和尚は、勇齋のところを訪れるように言ったのだ。けれども同じことを聞かされるのであれば、ここに来る必要もない。

しかし……と、孝助は思い直した。

あの徳の高い良石和尚がここに来るのを勧めたということは、何かしらの理由があってのことであるはずだ。

孝助は、勇齋をまじまじと眺めた。

その視線に気づいたらしく、勇齋は、

「どうかなされたか？」と、不思議そうな顔をしている。

「あっ、いえ……」

孝助はとっさに返事をしたが、特に聞きたいこともない。それで、

「そういえば勇齋殿は、萩原新三郎の屋敷の孫店に住まわれていたとお聞きしましたが」と、話を振ってみた。

勇齋は、もっともらしく頷《うなず》いた。

「ああ、そうだとも」

「あの事件、伴蔵という男の仕業だったそうですね」

「そうだろうな。伴蔵のことは、よく知っておる」

「気付いておられたのですか？」

孝助には、勇齋の言葉が意外に聞こえた。あの事件が伴蔵によるものだと知っていたならば、調べが入ったとき、捕方にそう話していても良さそうなものだ。

しかし、勇齋は言った。

「あいつが殺したという確証はなかったがな。あいつの顔は、これまでいくつもの罪を犯して、因縁にまみれたものだった。だから、人殺しをしていたとしても、別に驚かぬ」

「そういうものでしょうか……」

「因縁と言うと違うのかもしれぬな」

勇齋は不意に、黙り込んだ。

何を考えているのか、しばらくじっと虚空を見つめている。

やがて、ようやく顔を上げたかと思うと、まっすぐに孝助を見て訊ねた。

「お主は、幽霊のことを恐ろしいと思うか？」

孝助には、勇齋がなぜそのような問いかけをしたのかわからなかった。それで、

「幽霊というものを見たことはありませんが……見たという者は誰もが皆、恐ろしかったと申します」と、当たり障りのない返事をした。

「そうだな。せっかく幽霊が出るという話だったのだから、俺も見てみたかった」

「勇齋殿は、恐ろしくないのですか？」

孝助の問いかけに、勇齋は再び黙り込んだ。

けれども、今度はすぐに顔を上げた。

「幽霊などよりも、生きた人間のほうがよっぽど恐ろしい。喜《き》怒《ど》哀《あい》悪《お》愛《あい》懼《く》欲《よく》。七情の中では、相手を悪《にく》むことこそが、恐ろしいという。だが俺にとっては、欲に囚《とら》われた人間のほうが恐ろしい。そういうやつは、相手を妬み、蔑み、人を人とも思わぬ。だから俺は、萩原様の亡骸《なきがら》を見たとき、今まで見た者の中でいちばん恐ろしいと思った。あの表情には確かに懼《おそ》れもあった

が、何より欲にまみれた人間に殺されることへの悍《おぞ》ましさのほうが、勝っておった」

勇齋の言葉を、孝助は黙って聞いていた。聞きながら、はたして自分はどうだろうかと思い至った。

源次郎に飯島平左衛門の仇討ちをするというのは、はたしてどういう人情なのだろう。

主《あるじ》を失ったことへの哀しみは、まだ持ち続けている。

父を殺した平左衛門を悪む気持ちはもちろん、孝助から受けた疵によってまともに動くことさえ叶わなかった平左衛門を討った源次郎に対して、悪む気持ちは持っていなかった。

もしかすると、自分が源次郎を討つのは、欲に衝き動かされてのことではないのだろうか。

孝助はふと、そんなことを考えた。

けれども、源次郎を討ったからといって、私利私欲があるわけでもない。自分が飯島の家を継ぐことができるわけではない。

……それなら。

そんなことをずっと考えているところへ、

「たいへん遅くなってしまいました。申し訳ございません」と、聞き覚えのある声が聞こえてきた。

孝助が振り返ると、入口のところに立っていたのは、高遠伊助である。その背後に、二人の女を連れている。年嵩《としかさ》のほうは四十半ばくらい、若い方は十八、九といったところだろうか。

伊助は孝助に挨拶をして昨日の礼を述べると、

「こちらの方に、見覚えはないでしょうか?」年嵩の女のほうを手で示した。「酔うと癇《かん》癪《しゃく》を起こす夫から逃れるために、四つの子を残して、屋敷を出た女だそうでございます」

孝助は、女の顔をまじまじと眺めた。

女のほうではその眼差しから逃れるように、やや俯《うつむ》き加減に目を合わせずにいる。

やがて、孝助はすうっと小さく息を吸って目を見開き、

「その子は男の子で……屋敷は本郷丸山《ほんごうまるやま》ではございませんでしたか」と、訊ねた。

「……はい」

やっと聞こえるくらいの小さな声で、女は返事をした。

「そしてあなたは、越後村上の内藤紀伊守《ないとうきいのかみ》様の御家来、澤田右衛門《さわだうえもん》様の妹御ではございませんか?」

「…………はい」

女はしばらく返事をすることに躊躇《ちゅうちょ》していた。けれども今度は、はっきりと声に出した。

孝助は打ち震えた。

必死に堪《こら》えているものの、目からは止めどなく涙が流れる。

「……母上!」

絞り出すように声を出して、続けた。

「御見忘れでございましょうが、十九年前、四歳の折にお別れ申しました、息子の孝助でございます……」

孝助の母おりゑは、その言葉を聞いた瞬間に泣き崩れた。

「ごめんなさい……本当に、申し訳ないことをいたしました………」

謝罪の言葉はほとんど声にならなかったが、孝助は何度もそれに頷いている。

「どうぞ、お顔を上げてください。父が、父上が悪かったのです」

孝助はほどなく落ち着きを取り戻し、伊助に礼を述べた。そして、宮野辺源次郎を追って越後の村上を訪れたとき、澤田の屋敷を訪ねてみたものの、母のおりゑは行方知れずになっていたということを話した。

それもそのはずで、おりゑは黒川孝蔵《くろかわこうぞう》から逃れて一度は村上に戻ったものの、兄の勧めで樋口屋五兵衛《ひぐちやごへえ》という荒物屋と再縁したのだという。一緒にいる若い女は、五兵衛とのあいだにできた娘——つまりは、孝助の妹となる。

五兵衛はこの妹をたいそう可愛がったが、五兵衛には既に前妻とのあいだに男子と女子一人ずつの子どもがいた。特に女の子のほうが、男に対しては媚びを売って愛想が良いが、女が相手となるとひどく態度が悪くなるという性格で折り合いが悪く、その娘が十三のときに江戸へ奉公に出るまでひどく苦労したのだという。

やがて、五兵衛が亡くなると村上では店が上手くいかなくなり、今は宇都宮に移っておりゑが女主人として荒物屋を営んでいるのだという。

孝助はひと言も聞き漏らさないような素振りで、母の話にじっと聴き入っていた。

ようやく母が話を終えると、

「それにしても、どうしてこちらへ……」と、孝助が訊ねる。

「こちらの高遠伊助様が、どうしても江戸へ出て来るようにと」

おりゑに促されて、伊助が口を開く。

「昨日捕らえた伴蔵という男をずっと探っておりました。その者が栗橋で営んでいた店はずいぶんと繁盛していたのですが、奉公人が文助《ぶんすけ》という者一人を除いて皆いなくなり、店を畳むことになりまして。そこで、どこか良い場所はないかということで、一緒にいた女に縁のある土地に移ることになったのです」

伊助はそこまで言って、内心で苦笑した。

文助と名乗って関口屋で働いていた頃、奉公人たちから、伴蔵という店の主人はどうにも自分たちへの扱いが良くないから、できることなら店を出たいという相談を受けていた。そこで伊助は一計を案じ、あたかも幽霊に憑かれたかのごとく振る舞うよう奉公人たちに助言したのである。

孝助に話していることのすべては、自分の仕組んだことだったのだ。

けれども伊助は、そんな思いを押し隠すようにして続けた。

「……すると、その一緒にいた女の父は既に亡くなったが、八歳から十三歳まで面倒を見てくれた父の後妻が、宇都宮にいると聞かされまして。伴蔵が、その女を宇都宮に残してしばらく江戸に出ることとなったので、私がその後を追うときに、別れた息子を探しておられたおりゑ殿をお連れ申したのです」

「なるほど……それはまた、偶然でしたな」

「いえ、偶然はそこではございません。おりゑ殿が孝助殿の母上だということは、調べがついておりましたから」

「では、偶然とは……？」

伊助は孝助に訊《き》かれて、おりゑのほうを確認をするように見た。

答えてもいいか？　ということらしい。

すると、おりゑは何も言わずに頷き、「私がお答えいたします」と、言った。

「母上……？」

「私を頼ってきた、夫の前妻の娘。その名を……お国と申します。そして、お国が連れてきた二人の男のうち、伴蔵という方は昨日お上に捕らえられました。けれどももう一人、宮野辺源次郎という御武家様は、宇都宮の店、樋口屋五兵衛でかくまってございます。江戸からお友達をお呼びになって、ずいぶん暢気《のんき》に暮らしておられますよ」

馬喰町《ばくろちょう》三丁目にある宿屋下野屋《しもつけや》におりゑを送り、孝助はすぐに義父の相川新五兵衛《しんごべい》に暇乞いをすると、翌朝には宇都宮に向かうこととなった。おりゑはしばらく江戸にいて、本郷丸山にいたときの知り合いを娘とともに回り、孝助のところに生まれた孫と会ってから、宇都宮に戻るのだという。

——どうも、なんという悪縁だろう……。

孝助とお国との関係を聞いて、おりゑはしみじみと呟いた。

けれども、脇で話を聞いていた勇齋によれば、因縁を持つ者同士はこのようにどこかで繫がり、それはどこかで断ち切られるまで、今生《こんじょう》も来世も延々と続くのだそうだ。

「……それにしても、宇都宮まで御同行くださるとは、たいへん申し訳ありませぬ」

孝助は道中、しきりに伊助に向かって恐縮している。

「ここ一年ほど、文助という名で関口屋の奉公をしておりましたからな。最後のお勤めでございます」

伊助はすっかり手代らしくなった振る舞いで言ったが、

「仇討ちをされるのであれば、見届ける者がいたほうがよろしいでしょう？　手出しはいたしませんので、御安心くだされ」と、悪戯っぽく笑った。

どうもこのところの伊助は、政吉——依田豊前守の振る舞いに似てきているようにも見える。

宇都宮に着くと、孝助と伊助は角屋という宿に入った。

仇討ちなのだから、白昼堂々と宮野辺源次郎と対峙《たいじ》しても良いのではないか。

伊助はそう言ったが、孝助は市井《しせい》の人々に迷惑を掛けたくないと言って、九ツの刻まで待つことになった。

刀の下緒を襷《たすき》代わりに使い、相川新五兵衛から譲り受けた藤四郎吉光《とうしろうよしみつ》の刀と、飯島平左衛門から授かった天正助定とを携える。

宿を出て、おりゑが営む樋口屋五兵衛の店に向かうと、橋が掛かっていた。

辺りはしんと静まり返り、水の音だけが響いている。

橋のちょうど中央で、孝助はピタリと立ち止まった。

暗がりの中、左右を見渡す。

満月の青白い月明かりに、周囲はぼんやりと照らされている。

その中で、橋の下にギラリと鈍く輝くものがあった。

待ち伏せているのか。

おりゑや妹、あるいは伊助が、孝助がここに向かっていることを源次郎やお国に知らせたとは思えない。あるいは、二人の間者が、こちらの動きを伝えていたのかもしれない。

伊助は隠密廻り同心と言ったが、ずいぶんと暢気なものだ。

孝助は急におかしくなって、一人、鼻で笑った。

すると——

「何がおかしいかのう」

声をかけられる。

橋を渡りきったところに火縄銃を持った男が立っている。体が大きいために、手にしている銃はずいぶんと小さく見えた。その脇で同じく銃を持っているのは……女、だろうか。

「何者だ！」

孝助の大音声は、辺りに何度もこだました。

「忘れたとは言わせねぇよ。水道端で世話になった、喧嘩の亀蔵《かめぞう》だ。それから……」

「アンタが兄貴だなんて、思わなかったよ」

その声で、亀蔵の脇で銃を構えている女は、お国だとわかった。

じり、じりと後ずさる。

ここなら銃で撃たれても、よほどの腕のある者でないと弾を当てることはできないはずだ。

すると、後ろのほうでギラリと、別の鈍い光が輝いた。こちらは、太刀か。

前方を視覚の片隅に入れたまま後方を伺うと、何人かが刀を構えている。その中に、宮野辺源次郎もいるだろう。

進めば銃で撃たれる。

逃げれば何人もが刀で待ち構えている。

……なるほど、剣難の相か。

孝助は、良石和尚と勇齋が言っていたことを思い出した。

もしかしたら、あの伊助という男に助太刀を頼んだほうが良かっただろうか。隠密廻り同心にしては頼りなさそうだが、少しくらいは役に立つかもしれない。

孝助は天正助定を抜いて重心を低くし、じっと構えた。

じわりと、脂汗が流れる。

喉が渇き、ゴクリと唾を飲み込むと、痛みが走る。

しかし、このような状況であっても、孝助は意外なほど落ち着いていた。

——お主はまっすぐな気性だからな。だが、相手が曲がってきたときは、まっすぐに対峙することはできないだろう？　そういうときは、敵の術中に嵌《は》まらぬよう、あえて広いところに出るのだ。忍という字は、刃に下心。剣術を身に付けるならば、どんなときも一度我慢をすることが肝心だぞ。

飯島平左衛門の教えだ。

敵の術中に嵌まらぬよう、あえて広いところに出る。

今回はそれができなかった。だから、術中に嵌まった。

しかし、良石和尚は言った。

——剣《つるぎ》の上を渡るような危うさがあるかもしれぬが、それを恐れて後へ退くようでは望みは叶わぬ。進むに利あり、退《しりぞ》くに利あらずというつもりで、常に四方に注意を払いながら、たとえ向かう先に鉄門があろうともそれを突っ切るくらいの心を持つが良かろう。

背後で刀を構えている男たちに構わず、正面を見据える。

……確かに、橋の向こう側のほうが広い。

狭いところに入り込んでしまったからには、広いところに出れば良いのだ。

忍という字は、刃に下心。たとえ弾が一発や二発当たっても、我慢をすれば良い。

「いざ、参るッ！」

孝助は大声で叫ぶと、そのまままっすぐに亀蔵のほうに向かって走った。

亀蔵はニヤリと笑って、銃を放つ。音が響く。

しかし弾は孝助のわずかに脇を掠《かす》めて、橋を叩《たた》いた。

「ちょっと……何やってるんだい！」

お国は銃を構えて撃とうとするが、銃身が重いために上手く焦点が定まらない。

そうするうち、ギャッと男の悲鳴が聞こえた。

お国の視界に、肘から下の部分が血飛沫《ちしぶき》を噴き上げながら、ゆっくりと宙を舞った。孝助が刀を一閃《いっせん》、亀蔵の腕を斬り落としたのだ。

銃を持っていればこっちにくることはないから、きっと刀を持った大勢の男たちになぶり殺しにされるだろう。そう高を括《くく》って、油断していたらしい。

「あぁぁぁぁっっ！」

およそ感じたことのない痛みに亀蔵は絶叫し、声にならない声をあげる。

「あっ……ああ…………」

お国は腰を抜かしてしまったようだった。

ブルブルと震えながら尻餅をつき、その場を動けなくなってしまった。

孝助がキッとお国を見下ろすと、不意に背後から斬りかかってくる男がある。

亀蔵がこっちにくるはずがないと油断していたということは――

孝助は振り向きざまに太刀を薙ぎ、その男の肋《あばら》を断ち斬った。

その影は案の定、宮野辺源次郎だった。

「痛い……痛いよう……」

疵は浅かったらしい。脇を抱えて、地面に翻筋斗《もんどり》打っている。

孝助は宮野辺源次郎を蹴飛ばして、お国の脇へゴロゴロと転がすと、源次郎の髻《まげ》とお国の髪を、天正助定で乱暴に斬り落とした。

道の脇にあった栗《くり》の木の根株のところに移動させる。二人は罪人のように乱れた髪で命乞いをした。

けれども、孝助は二人の言葉に、聞く耳も持たない。

「悪人ども。お主らは我が主君飯島平左衛門様への恩義も忘れて密通し、平左衛門様を斬り殺したな！　両人乗込んで飯島の家を思うがままにしようとしたその振る舞い、仇討ちにてお命頂戴つかまつる」

仇討ちの口上を言い放つと、そのまま源次郎の首をめがけて刀を振り下ろした。

ドスっ、という音とともに、首が地面に転がり落ちる。同時に、斬られた首の付け根から、天高く真っ赤な鮮血が吹き出している。

「ね、ねえ……孝助さん」

源次郎の隣で震えていたお国から言葉をかけられて、孝助は目を細めた。

「仲良くしようよ。あたしの体、好きにしたっていいからさ。兄妹といっても血は繋がっていないんだから、構いやしないよ。あたしずっと、お武家様の女になりたかったんだ。アンタになら、きっと良い思いを……」

お国が最後まで言い終えないうちに、孝助の刀はお国の目を斬っていた。

「あっ……あぁぁぁぁぁっっっっ！」

お国は栗の木にすがって、

「人殺し、人殺しだよ！」と叫ぶ。

すると、孝助は再びお国に向かって斬りつけ、顔から上をずたずたに切り裂いた。

もの言えぬものになったお国は、そのままドスンと後ろ倒しに倒れる。

孝助は最後に、地面に転がっていた亀蔵の背中に、刃を突き立てた。

不意に、風が吹いた。

周囲に人の気配はない。

橋の向こう側にいた無数の男たちは、いつの間にかいなくなっていた。

三つの亡骸に囲まれて、月明かりの下、孝助はぼんやりと立ち尽くしていた。

「これで、良かったのだ……」

自分自身に言い聞かせるように呟くと、伊助が待っている角屋に向かって、孝助はゆっくりと歩き始めた。

結　濡《ぬ》れ仏

孝助《こうすけ》が江戸へ戻ると、慌ただしい毎日が待っていた。

相川《あいかわ》の屋敷に戻って仇討《あだう》ちの達成を報告すると、相川新吾兵衛《しんごべえ》は漆塗りの小さな木箱を開いて見せた。中には、飯島平左衛門《いいじまへいざえもん》からの遺言書が入っていたらしい。

飯島の家督は、相川孝助の子息が誕生したら彼を養子とし、孝助を後見人として新たに立て直してほしいという。

遺書の日付は孝助が相川の娘お徳《とく》と結納を交わした日になっていたから、本来であれば養子として認められないはずだった。けれども、幕府の御目附《おめつけ》は相川孝助が仇討ちをみごとに成し遂げたということで、その遺言書を認めることにした。その決定には、北町奉行依田豊前守《よだぶぜんのかみ》政次《まさつぐ》が隠密廻《おんみつまわ》り同心の高遠伊助《たかとおいすけ》から受け取った風聞書《ふうぶんがき》が、御目附に提出されたことが大きく働いたという。

その最中に、一人の罪人が獄門となり、首が曝《さら》されていた。

萩原新三郎《はぎわらしんざぶろう》と、飯島平左衛門の娘お露《つゆ》、その女中お米《よね》を殺し、飯島の別邸の鍵を破って百両を盗み出しただけでなく、妻のお峰《みね》、薬師山本志丈《くすしやまもとしじょう》を次々と殺したということが、捨て札には記されていた。これほど詳しく罪状が露見する罪人も珍しいと、江戸市中では評判になっていた。

相川孝助が、新幡随院《しんばんずいいん》に濡れ仏を建立したのは、それからおよそ三月《みつき》が経《た》ってからのことである。

冬のある日。

その濡れ仏に向かって、商家の手代らしい一人の男と、同心の御用聞きの二人が手を合わせている。

「飯島平左衛門と萩原新三郎、飯島の娘お露、その女中お米……四人のために建立したってことだそうですぜ」

御用聞きの政吉は溜息《ためいき》を吐きながら、商家の手代に扮《ふん》した伊助に言った。

「みごとな仏でございますな」

伊助は、生真面目な顔付きで答える。今日は、依田豊前守の遊びに付き合うつもりはなかったらしい。

「本当は、ここまで多くの死人が出る前に片付けたかったがな」

政吉《まさきち》――依田豊前守は急に素の様子に戻って、ポツリと言って続けた。

「それはそうと、伊助。剣術のほうはどうだ？　この頃、相川の屋敷にできた道場に通っておるそうではないか」

「主人が万一討たれた折には、仇討ちができるくらいの腕にしておきたいと存じます」

「いつもながら、お前は少し堅い」

依田豊前守は表情を綻ばせて、「まあ、良い師弟だ。生真面目な者は、生真面目な者から学んだほうが上手くいくだろう」と、落とすように笑った。

すると、不意に伊助が、依田豊前守に訊《たず》ねる。

「御奉行様は、幽霊というものを信じておりますか?」

その問いかけに、依田豊前守は驚いたように目を見開いた。

しばらく、ぼんやりと考える。そのまま、

「そうだな……幽霊などよりも、人間の情《こころ》のほうがよっぽど恐ろしい。だから、この江戸の街で起こる様々な事件が、せめて幽霊の仕業だったらどんなに良かったろうと思っておる」と、答えた。

「そうですか……」

伊助はぼんやりと返事をしたが、

「私も今回の事件で、伴蔵《ともぞう》が語っていたという幽霊の話を、信じてみたくなりました。でも、もうだいぶ寒くなりましたから、幽霊の季節も終わりですね」と言って、もう一度静かに、濡れ仏に向かって手を合わせた。


（了）

【主な登場人物と関係図】

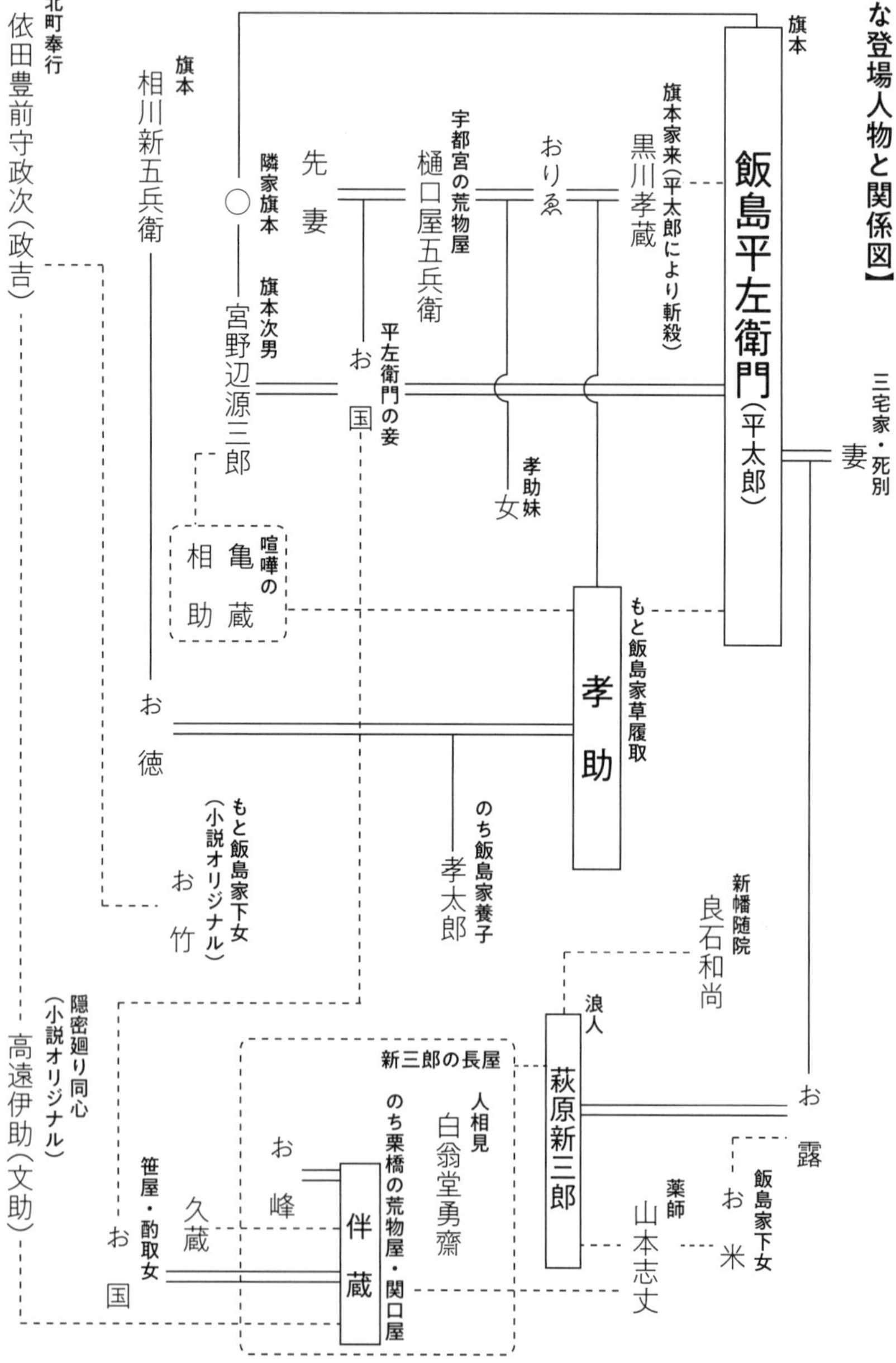

旗本
飯島平左衛門（平太郎）
三宅家・死別
妻
旗本家来（平太郎により斬殺）
黒川孝蔵
おりゑ
孝助妹
女
宇都宮の荒物屋
樋口屋五兵衛
先妻
平左衛門の妾
お国
隣家旗本
旗本次男
宮野辺源三郎
旗本
相川新五兵衛
北町奉行
依田豊前守政次（政吉）
喧嘩の
亀蔵
相助
もと飯島家草履取
孝助
お徳
のち飯島家養子
孝太郎
もと飯島家下女（小説オリジナル）
お竹
新幡随院
良石和尚
浪人
萩原新三郎
お露
飯島家下女
お米
薬師
山本志丈
新三郎の長屋
人相見
白翁堂勇齋
のち栗橋の荒物屋・関口屋
伴蔵
お峰
久蔵
笹屋・酌取女
お国
隠密廻り同心（小説オリジナル）
高遠伊助（文助）

参考文献

横山泰子、門脇大、今井秀和、斎藤喬、広坂朋信（著）『江戸怪談を読む　牡丹灯籠』、白澤社、二〇一八年

倉田喜弘、清水康行、十川信介、延広真治（編）『円朝全集　第一巻』、岩波書店、二〇一二年

永井啓夫『新版　三遊亭円朝』（青蛙選書　三十六）、青蛙房、二〇一一年

正岡容『小説圓朝』、河出書房新社、二〇〇五年

三遊亭円朝（作）『怪談牡丹燈籠』（改版）、岩波書店、二〇〇二年

松田修、花田富二夫、渡辺守邦（校注）『新日本古典文学大系　七五　伽婢子』、岩波書店、二〇〇一年

『三遊亭円朝全集　1』、角川書店、一九七五年

鈴木行三（編）『円朝全集　巻の二』、春陽堂、一九二七年

岡本綺堂『明治の演劇』（大東名著選　第三十）、大東出版社、一九四二年

上条勝太郎（著）『歌舞伎座　大正五年七月　狂言怪異談牡丹灯籠　他』、歌舞伎座、一九一六年

鈴木幸平（編）『怪異談牡丹灯籠　明治二十五年七月狂言筋書』、鈴木幸平、一八九二年

三遊亭円朝（演述）、若林玵蔵（筆記）『怪談牡丹燈籠』（全十三篇）、東京稗史出版社、一八八四年

解説

「牡丹灯籠」の成立

幽霊となったお露《つゆ》が、カランコロンと下駄の歯音を鳴らして萩原新三郎《はぎわらしんざぶろう》を訪ねてくる。この場面で知られる三遊亭円朝《さんゆうていえんちょう》の「牡丹灯籠」が創作された経緯については、晩年に円朝の話を聞き書きで書き取った「芸人叢談　三遊亭円朝」（『毎日新聞』明治三十二〈一八九九〉年八月十三日～三十日）に記録されている。

これによれば、文久《ぶんきゅう》年間〈一八六一～一八六四年〉の円朝が二十三歳だったときに、牛込神楽坂《うしごめかぐらざか》（現在の東京都新宿区神楽坂二丁目）に住んでいる隠居旗本の田中《たなか》という人物から、飯島孝右衛門《いいじまこうえもん》という旗本が自宅で下男に討たれたという話を聞いたのがきっかけだとされている。

享保《きょうほう》七〈一七二二〉年の出版取締令によって江戸幕府は事実や噂《うわさ》に基づく作品の公刊を禁止しており、江戸期にそうした咄《はなし》は写本で伝えられることとなった。こうした作品は「実録体小説（実録）」と呼ばれ、実在の人物や事件をほぼ実名で描きながら、事実をもとに虚構の物語を作って面白くしたてあげたもので、そのほとんどは講釈師（講談師）によって語られていた講談の台本である。内容としては、多くの場合がお家騒動物や仇討物、捌《さば》き物などであり、必ずしも当時の小説のように荒唐無稽な内容ではなく、むしろいかにも事実であるかのようにもっともらしく作られていたことが特徴だった。だからこそ、幕府はそうした風説の流布を警戒したのである。

　幕末から明治期にかけては、二代目松《しょう》林《りん》伯円《はくえん》（天保《てんぽう》五〈一八三五〉～明治三八〈一九〇五〉年）などに代表されるように、講談が非常に流行していた。たとえば歌舞伎で「実録物」とされる作品は、多くの場合が講談をもとに脚色され、上演されたものである。こうした流行もあって、この時期に作られた落語には、実録で扱われるような題材の咄が多く作られている。

　そのもっとも代表的な作り手が、円朝のライバル初代談洲楼燕枝《だんしゅうろうえんし》（柳亭《りゅうてい》燕枝）だった。たとえば代表作の「嶋衢沖白浪《しまちどりおきつしらなみ》」は講釈師の伊《い》東花楽《とうからく》との合作だと言われているし、「西海屋騒動《さいかいやそうどう》」の主人公である御所車花五郎《ごしょぐるまはなごろう》は、「水滸伝《すいこでん》」で花和尚《かおしょう》と呼ばれる魯智深《ろちしん》を日本に置き換えたものであり、もともと講談で嵐山花五郎《あらしやまはなごろう》という名で伝わっていた人物の物語に、曲亭《きょくてい》（滝澤《たきざわ》）馬琴《ばきん》の「西海屋騒動」に当て込んだものと言われている。

　燕枝は、明治十八〔一八八五〕年頃から用いている談洲楼という亭号が、もともとは明治十四〔一八八一〕年に落語家と講談師が入り混じって芝居（いわゆる鹿芝居《しかしばい》）をしたときに市川団十郎《いちかわだんじゅうろう》と柳亭とを掛け合わせて「市川団柳楼《だんりゅうろう》」を名乗ったことに由来するように、芝居好きで劇評でも非常によく知られ、九代目市川団十郎とは親交が深かった。また、森田思軒《もりたしけん》、饗庭篁村《あえばこうそん》、幸田露伴《こうだろはん》といった作家たちと混じって非常によく本を読んでいたと言われている。

　円朝の場合も、戯作者の仮名垣魯文《かながきろぶん》や条野《じょうの》採菊《さいぎく》（山々亭有人《さんさんていありんど》）らと非常に仲が良かったし、奥山景布子『小説　真景累ヶ淵《しんけいかさねがふち》』の解説にも記したように、もともとは咄のクライマックスで役者の声色を真似し、鳴り物を入れて演じる芝居咄で評判を得ていた。このように明治期の落語は、現代以上に講談や芝居、小説との距離が近かったのである。

　以上のような状況を見ていくと、円朝が「牡丹灯籠」を書いたときの経緯からは、円朝の創作にも実録の方法が少なからず取り込まれていたことが推察される。こうした実録の方法に、浅井了意《あさいりょうい》『伽婢子《おとぎぼうこ》』（寛文《かんぶん》六〈一六六六〉年）で翻案されて日本でも知られていた瞿佑《くゆう》『剪灯新話《せんとうしんわ》』（実際に日本で流通していたのは、朝鮮版の尹春年《いんしゅんねん》訂正・林《りん》芑《き》集註『剪灯新話句解《くかい》』の和刻本）を重ねる形で構成された。なお、『剪灯新話』や『剪灯新話句解』では「牡丹灯記」、『伽婢子』では「牡丹灯籠」となっていることから、少なくとも円朝が『伽婢子』を何らかの形で参照していたと思われる。

　そもそも「怪談」そのものも、落語よりは講談で多く演じられていたものであり、円朝の「牡丹灯籠」には、松林伯円も非常に感嘆したとも言われている。現代でも、「牡丹灯籠」は講談で演じられることも多い。したがって、そもそも咄の題材や創作のあり方が、全体として非常に講談的な落語だったということもできるだろう。

　一方で、「牡丹灯籠」ももともとは芝居咄として作られ、高座に掛けられていたことにも触れておかなくてはならない。現在残されている速記本で読んだ場合にも、たとえば孝《こう》助《すけ》が飯島平左衛門《いいじまへいざえもん》を誤って刺してしまう場面や、関口屋《せきぐちや》の強請《ゆすり》の場面で平左衛門や伴蔵《ともぞう》が、役者が見えを切るときのような台詞回しで話している。これらは、素咄《すばなし》で演じられるようになってからも、芝居咄として作られていた名残が残されているのである。

下駄の歯音を鳴らす幽霊？

それにしても、カランコロンと下駄の歯音を鳴らす幽霊というのは、やはり非常に変わった描き方である。幽霊は足がないものと、相場が決まっている。それではなぜお露の幽霊は下駄の歯音を鳴らすことができたのか。

この問題については、作中で伴蔵が、山本《やまもと》志丈《しじょう》に向かって種明かしをしている。

「実《じつ》は幽霊に頼まれたと云《い》ふのも　萩原様《はぎわらさま》のあゝ云ふ怪しい姿で死んだといふのも　いろ〱訳《わけ》があって皆な私《わっち》が拵《こしら》へた事　といふのは私《わっち》が萩原《はぎわら》の肋《あばら》を蹴《けっ》て殺《ころ》して置《おい》て密《こっ》そりと新幡随院《しんばんずいいん》の墓場《はかば》へ忍《しの》び　新塚《しんづか》を掘起《ほりおこ》し　髑《しゃり》髏《こつ》を取出《とりだ》し　持帰《もちかへ》つて萩原《はぎわら》の床《とこ》の中《なか》へ並《なら》べて置き……

（三遊亭円朝演述、若林《わかばやし》玵蔵《かんぞう》筆記『怪談牡丹灯籠』第九編、「第十八回　賤婢病を得て怨鬼語を為す　凶漢言を失して険策を破る」）

萩原新三郎《はぎわらしんざぶろう》は幽霊に取り殺されたわけではなく、伴蔵が新三郎の肋を蹴って殺害し、あたかもお露の幽霊に殺されたかのように見せかけるために、新幡随院の墓場から関係のない女の死体を掘り起こしてきて新三郎の隣に並べたという。この事実を知ってしまったことが、伴蔵が志丈を殺害するきっかけになる。

したがって、幽霊の話はすべて伴蔵の作り話であり、物語の世界でそれに端を発して流布したものが、あたかも実際にあったことであるかのように語られていることになる。それがお露と新三郎の物語なのだ。その意味で円朝の「牡丹灯籠」は作り話が噂話として流通する過程そのものを描き出した物語だということができる。すなわち、実録で描かれるような虚実皮膜《きょじつひまく》の物語が、どのような構造を持ち、どのように流通するかということとそれ自体を語り、嘘《うそ》や噂話が真実味を帯びてしまう瞬間を語っていくという、メタ物語としての側面も持っていることになる。

　実際に伴蔵は、新三郎の屋敷で幽霊を見たと言って白翁堂勇齋《はくおうどうゆうさい》の家に駆け込む場面で、次のように言ってしまっている。

「なにそんな訳《わけ》じやアない　骨《ほね》と皮《かわ》ばかりの痩《やせ》た女《おんな》で髪《かみ》は島田《しまだ》に結《ゆツ》て鬢《びん》の毛《け》が顔《かほ》に下《さが》り直青《まツさお》な顔《かほ》で裾《すそ》がなくッて腰《こし》から上《うへ》ばかりで

（三遊亭円朝演述、若林玵蔵筆記『怪談牡丹灯籠』第三編、「第八回　老翁色を相して生死を判ず　高僧符を与へて陰陽を隔つ」）

伴蔵は勇齋に向かってとっさに、足のない幽霊を見たと口にする。つまりこの時点で伴蔵は、当時の人々が幽霊として典型的に連想する姿を思い浮かべてしまっている。それが、幽霊を見たという嘘の話をしているうちに矛盾を来し、足がないはずの幽霊が下駄の歯音を立てたという、本来はあり得ないことを語り出してしまう。

　このように「牡丹灯籠」を見ていくと、この咄は当時としては非常によくできたミステリとして構成されていることがわかる。毎日寄席に通って円朝の高座を聞き、伴蔵による発言の矛盾に気が付いた客だけが、事件の真相にいち早く気が付くことができる。

　しかし、こうした部分をことさらに語るのは、おそらく野暮というものだろう。怪談は怪談として、お露の幽霊をおぞましく思いながら咄を聞く。それもまた、「牡丹灯籠」の楽しみ方だったはずである。

特に現代では下駄の歯音の場面がよく知られているが、岡本綺堂《おかもときどう》『明治の演劇』（昭和十七〈一九四二〉年）に収められた随筆「寄席と芝居と」の「一　高座の牡丹灯籠」で、伴蔵のところにお米の幽霊が通ってきていることをめぐって、伴蔵とお峰《みね》とがやりとりをする場面で、「円朝の話術」によって恐怖感が感じられたと回想している。「牡丹灯籠」が聴衆に与える恐怖感は、そうした語りの力が非常に大きく作用していたのである。

仇討《あだうち》物としての「怪談牡丹灯籠」

一方で、現在残っている若林玵蔵筆記による『怪談牡丹灯籠』（明治一七〈一八八四〉年）刊行の速記本では、怪談部分に当たる萩原新三郎とお露の物語と、仇討部分に当たる孝助の物語とが、交互に繰り返される構成になっている。

筆記者である若林玵蔵が書いた『若翁自《じゃくおうじ》伝《でん》』（大正十五〈一九二六〉年）に、円朝の人情咄は十五日間で一つの咄を演じるためそれを書き取りに行ったという記録があるが、その場合、「牡丹灯籠」の初日は「本郷《ほんごう》の刀屋」、最終日は「宇都宮《うつのみや》の仇討」という構成だったことになる。したがって「牡丹灯籠」の核はあくまで孝助の仇討部分にあり、主人公を敢えて一人挙げるとすればやはり孝助だということになる。

しかし、落語としての「牡丹灯籠」では、かなり早い時期から、この仇討部分はあまり演じられなくなってしまった。

音源として残されている高座では、六代

目三遊亭円生《えんしょう》のＣＤ『円生百席』（平成十一〈一九九九〉年）に収められた音源が、「お露と新三郎」「御札はがし」「栗橋宿《くりばしじゅく》・おみね殺し」「栗橋宿・関口屋強請《せきぐちやのゆすり》」の四席であり、「お露新三郎」の中に「刀屋」が組み込まれている。この構成は桂歌丸《かつらうたまる》の『牡丹灯籠完全セット』（平成十八〈二〇〇六〉年）などにも踏襲されている。また、五代目古今亭志《ここんていし》ん生《しょう》の『ビクター落語 五代目 古今亭志ん生』十一巻（平成十三〈二〇〇一〉年）は「刀屋」と「お札はがし」を収めているが、志ん生は「刀屋」と「お露と新三郎」とを別々に高座にかけていた。

一方で、現在では、仇討ち部分までを含めた全体を再構成する形で高座にかけられることも多くなってきた。平成二十八〈二〇一六〉年に行われた「柳家《やなぎや》さん喬《きょう》 牡丹灯籠 全段通し」のほか、立川志《たてかわし》の輔《すけ》による「志の輔らくごｉｎ下北沢 本多《ほんだ》劇場プロデュース『牡丹灯籠』２０１４」（平成二十六〈二〇一四〉年七月三十一日）は、孝助の仇討ちまで語りきっており、これらは「お札はがし」「栗橋宿」「関口屋」を中心に構成されている。また、本書の監修をしている柳家喬太郎《きょうたろう》は、平成二十三〈二〇一一〉年九月二日から四日にかけて下北沢の本多劇場で「本郷刀屋」「お露新三郎」「飯島討ち」「お札はがし」「おみね殺し」「孝助の婚礼」「関口屋ゆすり」「十郎ヶ峰の仇討」と全八席にわけて演じたのをはじめ、全編を通して演じている。このほか、近年で珍しい高座としては、蜃気楼龍玉《しんきろうりゅうぎょく》が平成三十〈二〇一八〉年八月十二日から十四日にかけて、本田《ほんだ》久《きゅう》作《さく》の脚色で「牡丹灯籠」を再構成し、第一夜

「お露の香箱」「伴蔵の裏切り」、第二夜「お国の不義」「お峰殺し」、第三夜「新三郎殺しの下手人」「お露の前世」と演じたものなどが挙げられる。

「牡丹灯籠」とメディアミックス

一方では、歌舞伎の『牡丹灯籠』では、明治期以来、通し狂言で演じられることが多かった。

『怪談牡丹灯籠』が芝居として演じられるようになったのは早く、明治二十四年の春木《はるき》座《ざ》で「精霊祈《しょうりょうき》牡丹灯籠」が、明治二十五年の歌舞伎座《かぶきざ》で「怪異談牡丹灯籠」が上演されたという記録がある。これは、速記本がベストセラーになったことを受けてのものと思われる。

たとえば、明治二十五年七月に三代目河竹《かわたけ》新七《しんしち》の脚本によって歌舞伎化され、五代目尾上菊五郎《おのえきくごろう》が孝助を演じた「怪異談牡丹灯籠」では、次のような構成で演じられていたことがわかる。

序　幕　飯嶋《いいじま》平左衛門邸《やしき》の場
同　柳島《やなぎしま》別荘の場
同　本所横川《ほんじょよこかわ》の場
二幕目　飯嶋奥座敷の場
同　根津《ねづ》萩原宅の場
三幕目　伴蔵住居の場
同　萩原新三郎内の場
四幕目　飯嶋邸詮議の場
同　飯嶋奥庭の場
五幕目　幸手《さって》宿阪和屋《じゅくさかわや》の場
同　幸手堤の場
六幕目　関口屋伴蔵内の場
同　笹屋《ささや》奥座敷の場

同　関口屋店先《たなさき》の場
大　詰　碓氷《うすい》峠《とうげ》　復讐の場
（鈴木幸平（編）『怪異談牡丹灯籠　明治二十五年七月狂言筋書』、鈴木幸平、一八九二年）

　また、「牡丹灯籠」は歌舞伎以外にも、野《の》淵《ぶち》昶《あきら》監督、東千代之介《あずまちよのすけ》主演の「怪談牡丹灯籠」（昭和三〇〈一九五五〉年）以下、映画や演劇などにも、数多く翻案されてきた。いちいち作品を挙げることはしないが、近年では、令和元年〈二〇一九〉年にNHKBSプレミアムで放送された「令和元年怪談牡丹灯籠」は、尾野真千子《おのまちこ》が演じたお国《くに》を中心に据えた大胆な構成で仇討ち場面まで描ききっており、出色の出来だったと言える。

　奥山景布子『小説　真景累ヶ淵』に始まるこのシリーズでは、現在の落語ではほとんど演じられなくなった噺や、演じられなくなってしまった部分も含めて、現代の時代小説として甦らせることを目指している。その意味で、こうした翻案の一つとして位置づけられるだろう。

　『小説　牡丹灯籠』では、怪談部分を仇討部分とを交互ではなく前半と後半とに分け、それらをつなぐために円朝の原作では伴蔵が捕らえられる場面に登場する依田《よだ》豊前守《ぶぜんのかみ》政《まさ》次《つぐ》に焦点をあて、オリジナルの人物である伊《い》助《すけ》を配して、萩原新三郎と飯島平左衛門の殺害をめぐる捕物帖として再構成している。

　「牡丹灯籠」が数多く翻案されてきたのは、タイトルの秀逸さはもちろん、人間の執念や愛憎を描く物語が、時代を超えた魅力を持っていたからだろう。その一端を、本書で味わって頂ければ幸いである。

（大橋　崇行）

本書は三遊亭圓朝『牡丹灯籠』をもとにした書き下ろしです。

●著者略歴・解説

大橋崇行（おおはし・たかゆき）

一九七八年、新潟県生まれ。上智大学文学部国文学科卒業後、上智大学大学院文学研究科国文学専攻博士前期課程を経て、総合研究大学院大学文化科学研究科日本文学研究専攻修了。博士（文学）。

小説の代表作に、『遥かに届くきみの聲』（双葉社）、『司書のお仕事』シリーズ（勉誠出版、既刊2冊）、『浅草文豪あやかし草紙』（一迅社）など。研究書に『言語と思想の言説』（笠間書院）などがある。

小《しょう》説《せつ》 牡《ぼ》丹《たん》灯《どう》籠《ろう》

著者――大橋崇行

発行所――株式会社 二見書房
東京都千代田区神田三崎町二-十八-十一
電話 〇三（三五一五）二三一一［営業］
〇三（三五一五）二三一四［編集］
振替 〇〇一七〇-四-二六三九

印刷――株式会社 堀内印刷所

製本――株式会社 村上製本所

落丁・乱丁本はお取り替えいたします。
定価はカバーに表示してあります。

本作品に関するご意見、ご感想などは
〒一〇一-八四〇五
東京都千代田区神田三崎町二-十八-十一
二見書房 小説古典落語編集部 まで

ISBN978-4-576-20170-2 https://www.futami.co.jp/

小説

真景累ヶ淵

奥山景布子／監修 古今亭菊之丞

この後女房を持てば
七人まではきっと
とり殺すからそう思え。

父と妹を殺され、失意に沈むお志賀。それから長く音曲の師匠として生きてきたが、親子ほども歳の離れた新吉と深い仲になり、生活は苦しくなっていく。やがて新吉への執着を募らせたためか、顔に腫物が生じ、体調を崩す。嫉妬と怒りに囚われた豊志賀は呪詛の言葉を遺して悶死してしまう――

978-4-576-20151-1
¥1400円（税別）